季語になれなかった
疱瘡

辻　敦敏

海鳥社

御幣を持った神猿

滋賀県大津市坂本の日吉大社の謂れにもあるように、神猿（まさる）は神の使いであった。伝説によると江戸時代初期の明暦元年（1654）に即位された後西天皇が疱瘡に罹られた時に神猿も罹り、天皇の身代わりになったという。

胎内《たいない》くぐりの灯籠
この石灯籠は「胎内くぐりの灯籠」として江戸時代から有名であったもので、この灯籠の下をくぐることで、子供の虫封じや疱瘡のおまじないとなるとされている。

お子様をお連れでご参拝の折には、お子様にくぐらせてみてはいかがでしょうか。

造立年代は不明。

金龍山　浅草寺

胎内くぐりの灯籠
金龍山浅草寺

江戸時代から有名で、この灯籠の下をくぐることで子供の虫封じや疱瘡のおまじないとされている。造立年代不詳。

はじめに

人類の歴史は疫病との戦いの歴史でもあった。ペスト、コレラ、スペイン風邪、疱瘡、はしかなどその流行の悲惨な有り様は、洋の東西を問わず多くの文芸作品の題材ともなった。江戸時代には、松尾芭蕉、与謝蕪村、小林一茶をはじめ、蕉門の人々により疱瘡とそれにまつわる句が詠まれている。

ある時、「はしかは季語ですよ」と教えて下さったのは、知音俳句会代表のお一人西村和子先生である。ならば、疱瘡は如何かと調べ始めたのが本書のはじまりである。確かに、はしかは春、もしくは夏の季語であるが、疱瘡はどの歳時記、季語集にも載っていなかった。これにはどのような経緯があったのであろうか。

古来、疱瘡は、はしかと共に人びとを震撼させた死に至らしめる疫病であった。言うまでもなく病の原因は分からず、予防することも治療の術も知る由はなかった。一度、疱瘡流行の知らせが伝わるや、神仏に祈念するか、呪《まじな》いに頼るのが常で、時には罹患者、未罹患者それぞれを人里離れた地に隔離し、収まるのを待つ、ただ、それしかなかった。

しかし、時を経て疱瘡は、一七九八年（寛政十）、英国のエドワード・ジェンナーの「牛痘種痘法」の報告を端緒に、現代に至る世界的規模の予防措置により、この地球上から姿を消した。

付け加えれば、はしかは一九五四年（昭和二十九）、米国のジョン・エンダースとトーマス・ピーブルスによるはしかウイルスの発見と一九六四年のはしかワクチンの開発という功績により、この世から消滅しつつある。

俳句は季語（季題）を入れた五、七、五の三音（拍）を基本の形とする十七音の詩である。江戸時代の俳諧の一部が発句、つまり俳句になったという。この俳句に必須の季語の成り立ちの歴史には諸説あるというが、その一つを挙げれば、和歌の時代に詠う題目から生まれた季節限定の美しく創られた言葉であり、連歌の時代には詠われる事物の本性が問われ、更に俳諧の時代になると芭蕉自らの旅の体験から、伝統的本意からの脱却と現実回帰の志向になったという。*

季語は現在、五千余を数えるという。

本書は「疱瘡は何故、季語になれなかったのか」を主題に、手許の史籍、書誌、史料、資料を参考に学び、問いつつ、稿を進めた。概要は、日本史上の疱瘡とはしか、医学的見地からの疱瘡とジェンナーの業績、疱瘡と俳句の三部からなる。

書籍などからの引用文の旧漢字は人名を除き原則として新漢字に直した。長く引用した箇所があるが、目的の状況を十分に味わい、理解するためである。また、差別的表現や語句は刊行された時代的背景と史料的価値を考慮しそのままとした。


*宮坂静生『季語の誕生』岩波新書、2009年、2－4頁

季語になれなかった疱瘡◉目次

疱瘡と文芸作品……77

日本史上の疱瘡とはしか

疱瘡の初めての記載と名称の推移

わが国の史籍に疱瘡と思われる流行が初めて記載されたのは、『続日本紀』聖武の御代、天平七年（七三五）とされている。「八月丙午。大宰府言。管内諸国疫瘡大発。百姓悉臥。今年之間。欲停調貢。許之」（八月二十三日、大宰府が「管内の諸国で瘡のできる疫病が大流行し、人民は悉く病臥しております、今年度の調の貢納を停止して頂きたいと思います」と言上したので、これを許した）とあり、更に「壬寅……自夏至冬。天下患豌豆瘡（俗曰裳瘡）夭死者多」（十一月二十一日……夏から冬にかけて全国的に豌豆瘡［俗に裳瘡といっている］を患って若死する者が多かった）とある。(1-3) ここに初めて疱瘡と思われる疫病を「豌豆瘡（ワンヅカサ）」、その俗称「裳瘡（モカサ）」がみられた。

この天平七年の「豌豆瘡」、俗に言う「裳瘡」が疱瘡か否かについては、「疱瘡である事に異論なく、諸家も亦多く之を認められてゐるが」とあり、これは「『病源候論』に其瘡形如豆、亦名豌豆瘡とあることによっても明らか」という。(4)『病源候論』は中国古代の病理学書で、隋代（五八一―六一八年）の医家巣元方《そうげんほう》が大業六年（六一〇）、わが国の推古十八年に完成したとされている。正式な名称は『巣氏諸病源候總論』で、巻之一から五十までである。(5)

豌豆はエンドウ豆のことである。疱瘡罹患者の発疹所見が似ていることにより名付けられたものである。「俗」にいう裳瘡《モカサ》については「喪瘡」、「毛加佐」、「面瘡」など諸説があるが、疱瘡は一児が罹患すると一家一村にわたり流行する状況が裳が地を引く如くであるとの解釈が、平安時代初期に成立した最古の医学書である『大同類聚方《だいどうるいじゅほう》』にあり、(6)最も妥当と思われる。

疱瘡の文字の最初は、平安時代中期の仁寿二年（八五二）の源順《みなもとのしたごう》の辞書『倭名類聚抄《わみょうるいじゅしょう》』巻三、瘡類第四十一の「皰瘡」、「唐韻云皰（防教反）面瘡也類聚国史云仁寿二年皰瘡流行人民疫死（皰瘡此間云裳瘡）」(7)と思われる。

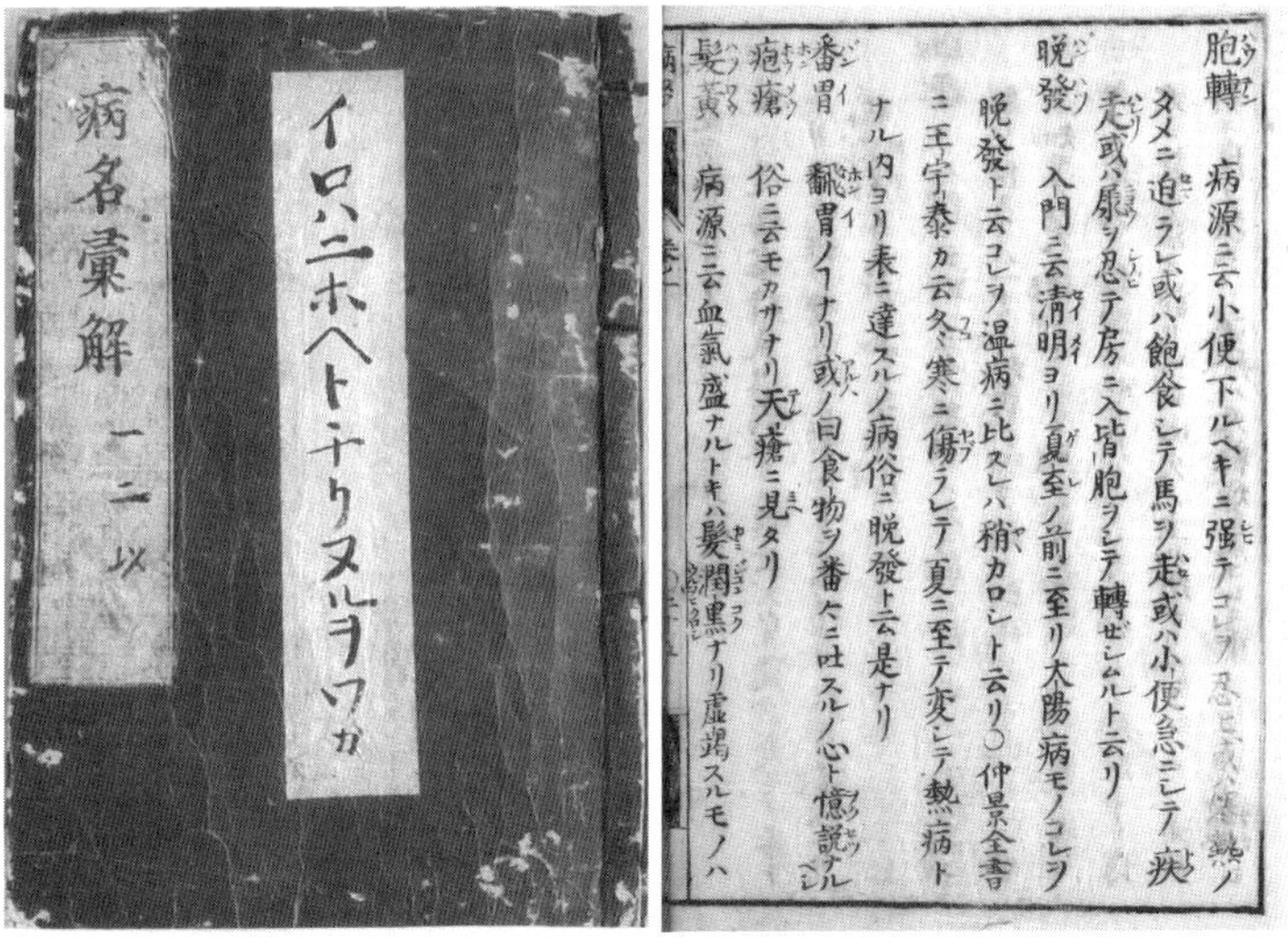

胞轉 病源ニ云小便下ルヘキニ强テコレヲ忍ヒ或ハ寒熱ノタメニ迫ラレ或ハ飽食シテ馬ヲ走或ハ小便急ニシテ疾走或ハ脹ヲ忍テ房ニ入皆胞ヲシテ轉セシムルト云リ
晄發 入門ニ云清明ヨリ夏至ノ前ニ至リ太陽病モノコレヲ晄發ト云コレヲ温病ニ比スレハ稍カロシト云リ○仲景全書ニ王宇泰カ云冬ゝ寒ニ傷ラレテ夏ニ至テ変シテ熱病トナル内ヨリ表ニ達スルノ病俗ニ晄發ト云是ナリ
番胃 飜胃ノ一ナリ或ノ曰食物ヲ番ゝニ吐スルノ心ト憶説ナルヘシ
疱瘡 俗ニ云モカサナリ天瘡ニ見タリ
髪黄 病源ニ云血氣盛ナルトキハ髪潤黒ナリ虚竭スルモノハ

『病名彙解』（1686年刊）の表紙と疱瘡の項

また、その翌年の仁寿三年四月の『日本文徳天皇実録』にも「皰瘡」の文字が認められるので、(8)恐らくこの頃であろう。因みに「疱」は「皰」の異体字である。(9)現在一般に使われている「痘瘡」、「天然痘」は疱瘡と同義語である。

かつて「痘」の文字は中国になかった。「痘瘡」が使われるようになったのは室町時代（一三三八―一五七三年）以降のことで、中国の宋時代（九六〇―一二七九年）の医書『太平聖恵方《たいへいせいけいほう》』、『簡易方』を基にした三条公忠の日記『後愚昧記《ごぐまいき》』、室町幕府に関する記録『花営三代記』に見えるという。(10)

時代は下るが、桂洲甫の『病名彙解《びょうめいいかい》』の「疱瘡」の項には、「ホウソウ」と仮名を振り、「俗ニ云モカサナリ天《テン》瘡ニ見《ミヘ》タリ」とある。更に、「痘瘡」の項には、「トウソウ」と仮名を振り「俗ニ云モガサナリ瘡ノ形豆《マメ》ノ如ナル故ニ名《ナヅ》ク、療治モ豆ヲ植《ウヱ》ルニタトヘタル事アリ熱薬ヲ用テ温《アタヽ》ムルト也」とあり、「此瘡西域《イキ》ヨリ中国ニウツリ来ルト云リ吾カ日本ニモ亦古へ此病ナシ人皇四十五代聖武《シャウム》天皇ノ御宇ニ天下ニ疱瘡ノ説アリ」と由来まで書かれている。また、「天瘡」の項は「テンソウ」と仮名を振り「痘瘡《モガサ》ノ事也世俗常ニ疱瘡《ハウソウ》ト云リ」と載っている。(11)

この疱瘡のモカサ、モガサの言葉は江戸時代以前から庶民の間で使われていたことが『日葡辞書』から明らかである。『日葡辞書』は *VOCABVLARIO DA LINGOA DE IAPAM com a declaração em Portugues*「ポルトガル語の説明を付したる日本語辞書」のことで、江戸時代前期の慶長八年(一六〇三)、日本イエズス会により刊行され、翌年に補遺之部も刊行された。

天文十八年(一五四九)、ポルトガル国王の命令でキリスト教の海外布教活動を行っていたイエズス会の宣教師フランシスコ・ザビエルらが鹿児島に上陸し、わが国にキリスト教を伝えた。この宣教師らが布教の折に、日本の様々な人びとの日常の話し言葉を中心に生活の広範な分野の語を聴きとり、解釈し記録したものが本辞書である。言葉は主な布教地の近畿以西、九州地方が中心で、ザビエルが来日してから後、辞書刊行までの五十数年間、室町、安土桃山時代の記録である。見出し語は本編二万五九六七語、補遺六八三一語、重複を除くと三万二二九三語からなる。原本は世界に四冊しかないとされており、残念なことにわが国には残っていない。次に引用する語は昭和五十六年(一九八〇)発行の『日葡辞書』による。

この邦訳書には「原題はイエズス会のパアデレたち及びイルマンたちによって編纂され、ポルトガル語の説明を付したる日本語辞書　教区司教ならびに上長たちの許可のもとに、日本イエズス会の長崎コレジオにおいて一六〇三年刊」と記載されている。(12)

この辞書には疱瘡について以下のような記述がある。

『日葡辞書』原本表紙

Foso. ハゥサゥ（疱瘡）天然痘　（264頁）

Mogasa. モガサ（疱瘡）天然痘　（417頁）

Mogasazzura. モガサヅラ　疱瘡面　痘痕（あばた）のある（あばた面）　（417頁）

Mitchazzura. ミッチャヅラ（みっちゃ面）天然痘の痕のある顔面、すなわち、あばたづらの者　（411頁）

Toxin. タゥシン（痘疹）天然痘の病気　（673頁）

Imo. イモ（いも）比喩としてあばたのことを云う　（333頁）

Yendo. エンドゥ（円豆）Maroqimame（円き豆）　（818頁）

『日葡辞書』から当時の日本語の実相が明らかになることで、疱瘡や痘痕が庶民の間でモガサ、モガサヅラ、イモなどと称して使われていたことがうかがわれる。

疱瘡は感染し、治癒した後に顔面をはじめ身体のあちこちに痘痕（あばた）が残ることがある。

また、はしかについては次のような記述がある。

Faxica. ハシカ（瘡疹・麻疹）はしか　（214頁）

Faxicauo. Suru.（瘡疹をする）はしかにかかっている　（214頁）

Faxica. ハシカ（芒）または nogui.（芒）麦や稲ののぎ　（214頁）

Faxicai. ハシカイ（はしかい）素肌に着た粗い着物などの

ように、ざらざらしてがさつく（こと）また、弱くて脆い鉄などのように、折れ砕けやすい（こと）比喩 Faxicai. Fito.（はしかい人）自分の感じたことを遠慮会釈なくすぐさま口に出して、とかく他人の気にさわりやすい人。また、ものわかりが早くて鋭く、軽快にしゃべる人。原文は「Leuemente. 日仏辞書は impurdemment.（軽率に）と訳している→ Tebaxicai.」とある。[13]

はしかと麻疹は同義語である。

いずれにしても、疱瘡やはしかが、少なくとも室町時代後期の一五〇〇年代半ば頃から安土桃山時代には既に一般の人びとの間で当たり前に語られており、言い換えれば疱瘡、はしかは人びとのごく身近な疫病だったものと思われる。

先に触れた疱瘡と同義語の天然痘の名称は、文政十三年（一八三〇）、大村藩の医師、長与俊達が書いた書簡が最初という。[14]

わが国の疱瘡の記載の最初と思われる史籍と名称の変遷について述べたが、この時代に他の疫病との識別は容易ではなく、特にはしかとの鑑別は困難であった。既に述べた『続日本紀』の天平七年の「疫瘡」が疱瘡であることは大方が認めるところであるが、天平九年の「大宰管内諸国。疫瘡時行。百姓多死[15]」の「疫瘡」については、史籍を根拠にはしかとする推測が僅かながらある。[16・17]

疱瘡とはしかは明らかに異なる疫病であることを初めて記載したのは、古代ペルシャのラーゼス（Rhazes）で、わが国の平安時代前期、貞観七年（八六五）ないし延長三年（九二五）頃とされている。この業績が重訳されわが国に伝えられたのは、およそ一〇〇〇年後の江戸時代後期、弘化四年（一八四七）である。従って、この間の疱瘡とはしかについては混称している可能性を否定出来ない。同様に、史籍以前の疫病、例えば天平七年以前の疱瘡流行の有無についても、現今では不詳と言う他ない。

疱瘡は何処から来たのか

先に『続日本紀』の天平七年（七三五）、「八月丙午、大宰府言、管内諸国疫瘡大発」と紹介したが、この疫瘡は何処から来たのであろうか。

この流行は翌年、翌々年にも起こったが、天平九年の流行は新羅《しらぎ》との関わりが記載されている。「正月二十七日　遣新羅使の大判官で従六位上の壬生使主宇太麻呂《みぶのおみうだまろ》・少判官で正七位上の大蔵忌寸麻呂《おほくらのいみきまろ》らが、新羅から帰って入京した。大使・従五位下の阿部朝臣継麻呂《つぐまろ》は津島（対馬）に停泊中に卒し、副使で従六位下の大伴宿禰《すくね》三中《みなか》は病気に感染して入京することができなかった」[18]。同年十二月二十七日の最後に、「この年の春、瘡のある疫病が大流行し、はじめ筑紫《つくし》から伝染してきて、夏を経て秋にまで及び、公卿以下、天下の人民の相ついで死亡するものが、数えきれない程であった。このようなことは近年このかたいまだかつてなかったことである[19]」とある。

大宰府は七世紀後半に筑前国に置かれた地方行政の役所であると共に、外交、国防に関わる重要な機関でもあった。筑紫国は六四五年の大化の改新と律令制によって筑前、筑後の国に分割された。現在の福岡県の東部を除いた範囲である。

『続日本紀』以降の疱瘡伝来の史料の一つ、鎌倉時代前期、承久元年（一二一九）四月二十三日に成立したとされる談話集『続古事談』によれば、「もがさと云病は新羅国よりおこりたり。筑紫の人うをかひける船、はなれて彼国につきて、その人うつりやみてきたれりけるとぞ。天平九年の官符に、『この病、痢にならんとき、にら・き（引用者註、韮・葱）をせんじておほくくふべし』とあり」[20]、疱瘡の新羅からの伝来についてはかなり信憑性があるものと思われる。

では、疱瘡は起源地からどのような経路で伝来したのであろうか。次のような資料がある。

『支那中世医学史』では、「痘瘡の発源地は印度なり。即ち印度より西域地方を経由して、支那（中国）の西北地方に移りしものなり。或は其の径路を南方に求めんと欲する人あり。即ち緬甸（ミャンマー）、安南（ベトナム）地方を経由して支那の南西に入りしものなりと想像せるも確実なる根拠なし」。インドより西方へは「亜拉比亜（アラビア）、シリア等の地方に入り、それよりして欧洲に移る。東の方は先ず支那に入り、それよりして朝鮮（韓国）に移り、朝鮮より日本の九州地方に渡りしものなるべし。或は朝鮮を経ることなく、直接に支那より之を九州に伝へしことあるべし」と推測されている[21]（かっこ内に現在の国名を補った）。

『臨床細菌学　伝染病論』には「痘瘡の起源はアジアに発セリト云フ。古昔支那及印度ニ於テ既ニ大流行アリ。欧洲ニ侵入セルハ紀元後六百年ニシテ、始メエジプトヲ襲ヒ、次デ全欧洲ニ蔓延セリト云フ。欧洲ニ於ケル痘瘡ノ最古ノ記録ハ、アラビヤノ医ラーゼス Rhazes ノ著ナリ（紀元第九世紀ノ頃）」[22]との記載もある（句読点を補った）。

では、朝鮮半島の記録はどのようになっていたのか。『補訂朝鮮医学史及疾病史』には、「半島に於ける痘瘡の流行で史上最初と考定されるのは、朝鮮側の記録によってではなく、隣国の『日本書紀』及び『続日本紀』に拠ってである」という[23]。

また、朝鮮伝染病史の例として、文政五年（一八二二）のコレラ第一次大流行は、一三九二年から一八六三年までの歴代の記録『朝鮮王朝実録』をもとに、朝鮮半島から対馬を介して下関に伝わったという。また江戸時代の麻疹の流行はすべて半島からの伝播により、流行性感冒、痘瘡、牛疫なども関連性が認められ、半島は流行性伝染病に於いても大陸と日本の架橋という[24]。

疱瘡伝来については史籍に頼るしかないが、ウィリアム・マクニールは、疱瘡の起源地がインドに違いないという通説は何らかの基になる事実があって発生した可能性があるが、「忌まわしい病気はよその国から由来するように信じたがる人類の普遍的な性向のために、個々の感染症のみなもとを、歴史学的に説得力のある文献に基づいて、インドなり他の場所なりに突き止めることは不可能なのである[25]」と述べている。

わが国の疱瘡の疫史

富士川游の『日本疾病史』によると、流行は以下のようになる。出典は下に記した。

奈良朝時代

天平　七年　（七三五）『続日本紀』

天平　九年　（七三七）『続日本紀』

天平宝字七年（七六三）『断毒論』、『続日本紀』

平安朝時代

延暦　九年（七九〇）『続日本紀』
仁寿　三年（八五三）『文徳実録』
延喜十五年（九一五）『日本紀略』
延長　三年（九二五）『日本紀略』
天暦　元年（九四七）『日本紀略』
天延　二年（九七四）『日本紀略』
正暦　四年（九九三）『日本紀略』『扶桑略記』
長徳　四年（九九八）『日本紀略』
長保　三年（一〇〇一）『日本紀略』『百錬抄』
寛仁　四年（一〇二〇）『日本紀略』
万寿　二年（一〇二五）『日本紀略』
長元　九年（一〇三六）『栄花物語』
延久　四年（一〇七二）『扶桑略記』
嘉保　元年（一〇九四）『中右記』
永久　元年（一一一三）『百錬抄』『皇年代記』
大治　元年（一一二六）『一代要記』
康治　二年（一一四三）『台記』

応保　元年（一一六一）『百錬抄』『皇年代記』
安元　元年（一一七五）『百錬抄』
治承　元年（一一七七）『百錬抄』

鎌倉時代
建久　三年（一一九二）『百錬抄』
建永　元年（一二〇六）『皇年代記』
承元　元年（一二〇七）『皇年代記』
嘉禄　元年（一二二五）『一代要記』
嘉禎　元年（一二三五）『明月記』
弘長　二年（一二六二）『座主秘記』
乾元　元年（一三〇二）『続吉記』
正和　三年（一三一四）『花園院宸記』

室町時代
興国　三年（一三四二）『皇年代記』
正平十六年（一三六一）『皇年代記』
正平二十年（一三六五）『大乗院年代記』
文中　三年（一三七四）『皇年代記』
弘和　元年（一三八一）『空華日工集』

享徳　元年（一四五二）『文正年代記』
享徳　二年（一四五三）『立川寺年代記』
文明　九年（一四七七）『妙法寺記』
文明十三年（一四八一）『妙法寺記』
享禄　四年（一五三一）『妙法寺記』
天文　六年（一五三七）『妙法寺記』
天文十九年（一五五〇）『妙法寺記』

江戸時代

元和　五年（一六一九）『続皇年代略記』
承応　三年（一六五四）『宣順卿記』
延宝　七年（一六七九）『基量卿記』
天和　二年（一六八二）『続皇年代略記』
元禄十五年（一七〇二）『本州編年志』対馬疱瘡流行
宝永　五年（一七〇八）『年代略記』
宝永　六年（一七〇九）『続皇年代略記』
正徳元　年（一七一一）『塩尻』
正徳二　年（一七一二）『塩尻』
享保五　年（一七二〇）『基長卿記』

享保八　年（一七二三）『続皇年代略記』
延享三　年（一七四六）『家記』
寛延元　年（一七四八）『植房卿記』
安永二　年（一七七三）『一本続王代一覧』
天保九　年（一八三八）『医事雑話』

「以上、挙ぐるところは、疱瘡流行の年次を示すものにして、この表に依れば、疱瘡流行の初期には、約三十年を期として、流行を見たるに、暫次その週期は短縮し、後には大率《たいそつ》六七年となり、遂に連年絶えず、小流行をみるに至れり（上章疫病「年表」を参照せよ）[26]」とある。

しかし、この史料からは、何時の頃から流行周期が短縮し疱瘡が風土病化したのかを決めることは難しい。一例を挙げれば、長元九年の出典『栄花物語』は藤原道長を中心とした一族の歴史物語で、当時の民衆の実生活の有り様は全く分からない。

疱瘡流行の間隔が短くなることは、成人の多くが疱瘡の抗体を持つようになり、小児が罹患し易い疫病に変わっていくことを示唆している。『続日本紀』の老若拘らず罹患していた様相に、戦国時代の『妙法寺記』の記載を比較してみると、文明九年の「小童疱ヲヤム事大半ニコエタリ　生ル者千死一生」、天文十九年の「此春中小童共疱ヲヤミ候而　皆々死事不及言説下吉田計ニテ五十八計死申候」などと小児の罹患が主たるものに変化しており、相異が明らかである[27]。

『妙法寺記』は、戦国時代の富士山麓、現在の山梨県河口湖畔の生活を記録したもので、妙法寺の住僧が書き伝えたものである。

後の『日葡辞書』には疱瘡に関わる話し言葉が幾つも採り上げられているが、既に『妙法寺記』にある文明九年（一四七七）には多くの地方に疱瘡が蔓延していたと思われる。

宿主であるヒトと疱瘡ウイルスとの間の適応が成立し、疱瘡が地域の疫病に変わってきたことを示しているのであろう。次項で地方の疱瘡流行の様相を示したい。

地方に於ける疱瘡の流行

青森県中泊町の疫史——疱瘡とはしか

中泊町は津軽半島の中央部に位置する。平成十七年（二〇〇五）に北津軽中里町と小泊村が合併して発足した。町の多くが白神山地雁森岳《がんもりだけ》を源とする岩木川中流流域にあり、この水系の氾濫が大きな要因となり、広範囲に疫病が蔓延したことが推測される。岩木川の河床勾配は平川との合流地点を境に上流部が三〇〇分の一ないし五〇〇分の一の急勾配で、中流部以降緩勾配となっているために、上流の降雨量により古来、容易に氾濫を起こすことで知られている(28)。

中泊町立博物館が平成十一年（一九九九）に企画した「江戸時代の農民たち」の展示資料「江戸時代のできごと年表」には、室町時代後期の天文二十四年（一五五五）から慶応三年（一八六七）までの三一二年間における新田開発、藩政、治水と共に、災害、飢饉の記録があり、疫病・疱瘡二十三回、麻疹九回の流行が経年に従い載っている。

岩木川と平川

北津軽中里町と小泊村

【疱瘡の流行】

長い疫史のごく一部を抜粋する。

「寛文八年（一六六八）六月大洪水。田畑多く荒廃また疱瘡流行し、小児多く死亡」とある。

「延宝八年（一六八〇）一月・八月岩木川洪水。下町残らず床へ上り他三十五村水浸し水死三十五人牛馬八十九疋流家七十五軒。『白髭水』。疱瘡流行こども死亡」

「元治二年（一八六五）七月・十月大風、岩木川大洪水田畑冠水。九四九町九反歩被害。疱瘡流行、牛種痘実施」（元治二年は四月六日まで、以降、慶応元年になる。七月・十月は慶応元年である。また、『津軽史事典』には「九四九六町九反歩被害」と記載されている）[29-36]。

このように岩木川の氾濫と疱瘡の流行には密接な関係がうかがわれ、また、多くの小児が死亡している。

延宝八年に「白髭水」とあるが、これは格別の大洪水であったことを示しているのであろう。宝治元年（一二四七）の北上川の大洪水の伝説がある。白髭の山姥を欺《あざむ》き、餅に似た焼石を食わせ、酒に見立てた油をのませた祟りにより、七日七夜の大雨による大洪水をもたらしたという。(36・37) なお、安永八年（一七七九）にも「白髭以来の洪水」と記載がある。
中泊の疱瘡の疫史は例外を除けばおよそ六年間隔で、岩木川の氾濫と共に多くの小児が罹患し死に至っている。この流行に富士川の『日本疾病史』に合致する例はない。疱瘡は宿主側の条件さえ揃えば何時でも何処でも発症するEndemic（地方特有の風土病的な）、もしくはEpidemic（一定期間に一定人口に発生する）、特に小児の疫病と化したものと思われる。

同資料には元治二年に「牛種痘実施」とあるが、『津軽史事典』には既に「嘉永五年（一八五二）十一月、唐牛昌運、牛痘種を以て子供五人の試み成功」の記録がある。(38) 長崎からの痘苗は嘉永二年には江戸で接種されており、津軽藩に伝わることも容易であった。(39)

このような疱瘡の地域流行の記録は他にもある。その一つ、出羽国を事例とした分析を挙げておく。史料は十八世紀末の米沢藩領中津川郷（現在の山形県西置賜《にしおきたま》郡飯豊《いいで》町辺り）十四か村の大肝煎《おおきもいり》、小田切清左衛門によって綴られた記録「疱瘡人改」を基にしている。

寛政七年（一七九五）から翌年にかけて出羽国中津川郷の十四か村における天然痘の流行は、罹患者のおよそ七割が十歳以下の小児で、流行が地域に集団発生し、同じ世帯の兄弟間の発症率が高く、罹患者を隔離するなどの対策を採らない場合には八割以上の罹患者をみて収束している。これらの結果から、流行が途絶えない人口規模の地域では、天然痘が風土病として長く存置し、周期的に発生したという。(40)

同じような疱瘡流行の有り様はわが国だけのことではない。英国の例では、一六二八年（寛永五）及び一六三四年のロンドンの大流行の罹患者の多くは青年であったが、十八世紀には毎年一五〇〇人の死亡者が認められるようになり、その九〇パーセント以上は五歳以下の小児と、子供の疫病に変わっていった。

ただ、田舎の小さな町では成人の罹患者も多数認められている。これは地方には抗体を持たない成人が多かったからである。[41]

【はしかの流行】

疱瘡の流行に比べて、はしかの流行の様式は異なっていた。初めての記録は元禄四年（一六九一）である。以降、文久二年（一八六二）まで九回の流行が認められるが、宝永五年（一七〇八）と六年、及び享保十五年（一七三〇）と十六年の流行は同じとみてよいと思われるので、都合七回、流行の間隔はおよそ三十年である。疱瘡の流行間隔に比べて長いが、はしかは感染力が極めて強く、一旦流行すると抗体を持たない幅広い年齢層に感染が広がり、それが終焉すると免疫力を保つ人びとが多くなり、相応数の未感染者がそろうまでの暫くの期間は流行が起こらない。一般に、はしか罹患者の抗体は長期間、あるいは終生持続すると言われている。中泊のはしかの流行を江戸三〇〇年の地誌『武江年表』のはしかの記録と比較すると、多くの流行やその悲惨な有り様が一致しており、はしかは一度流行が始まると、わが国の広い地域に蔓延する集団感染症であったことを示唆している。[42・43]

このようなはしかの性質は、俳諧師の目に留まり恐怖に陥れることはあっても、句に詠まれる余裕はなかったのではないかと思われる。

私家の記録――江戸時代の「関口家日記」と『指田日記』

『江戸城大奥をめざす村の娘』は、副題に「生麦村関口千恵の生涯」とあるように、江戸近郊の農村に生まれた千恵の生涯を関口家が代々書き継いだ「関口家日記」を主な資料としている。

千恵は、寛政九年（一七九七）五月十四日に武蔵国橘樹《たちばな》郡生麦村、現在の神奈川県横浜市鶴見区で生まれた。千恵には寛政七年生まれの姉がおり、千恵が生後九か月の寛政十年一月に、姉に続いて千恵も疱瘡に罹患したが、二月には平癒し些々《ささゆ》湯を使い、赤飯を炊き全快祝いをしたとある。また、千恵の子の竹次郎、文政二年（一八一九）八月七日生まれが、二歳半の文政五年二月に疱瘡に罹り比較的軽く済んだことが書かれている。(44)

ここでは疱瘡は人びとにとってごく身近な小児の疫病で、町医者に診断され容易に回復しており、疱瘡が如何にも軽い疫病であったかのように思われている。

『指田《さしだ》日記』は武蔵国多摩郡中藤《なかとう》村、現在の東京都武蔵村山の陰陽師、指田《さしだ》摂津正《せつつのかみ》藤詮《ふじあきら》が三十九歳の天保五年（一八三四）から七十六歳の明治四年（一八七一）にかけて書いた日記である。この三十七年間の疱瘡罹患者数は種痘接種後の八人を含み一二八人、死者数は種痘接種後の死者一人を加え七十一人であった。死亡者の多くは幼児で、疱瘡が地域の疫病で小児の死に至る恐ろしい病であったことを示している。(45)

このような疱瘡の軽重の差異は如何なるものであろうか。詳細は次章の「微生物とは」で述べたい。

疱瘡の正体

疫病の正体は悪鬼、神の為す業、仏教伝来に伴う因果応報の理《ことわり》などの神話から、隋、唐、宋などとの交流が盛んになるにつれ、それぞれの時代で疫病を起こす原因が伝えられたが、疱瘡やはしかは、罹患者から健康な者に伝染する病気であり、接触を断つことにより防ぐことが出来ることを実証した先達がいた。
江戸時代後期のことである。

橋本伯壽の『国字断毒論』は、自身の漢文の書『断毒論』を国字、即ち日本文に書き改めたものである。

橋本伯壽は医師。生年不詳、甲斐国市川大門、現在の山梨県西八代郡市川《いちかわ》三郷《みさと》町の祖父以来の医家に出生、没年は天保二年（一八三一）。天明年間（一七八一―一七八九年）初めから長崎に遊学、吉雄耕牛に蘭学を学んだ。その折に大村、天草を訪れ、疱瘡罹患者を隔離し流行を防いでいる実績を見ている。そして文化六年（一八〇九）に『断毒論』を出版した。

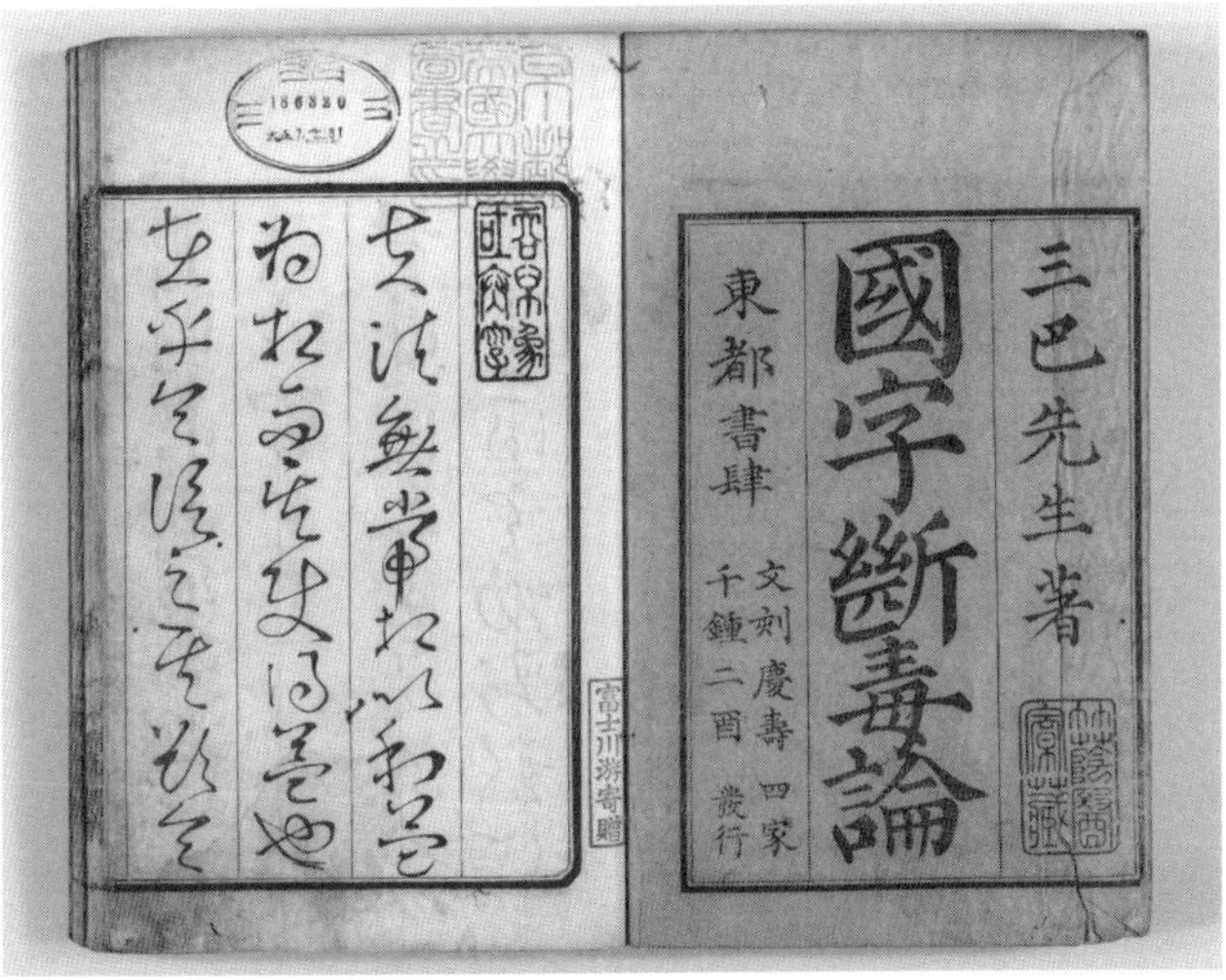

『国字断毒論』（京都大学附属図書館所蔵）

『断毒論』は、疱瘡、はしか、黴瘡《ばいそう》・梅毒、疥瘡《かいそう》・疥癬について各地で行われている対応の例を立証し、従来の「疫病の正体、療法など」に反論するおよそ三つのこと、「伝染する病」（伝染する病気であり、接触を避けることにより防ぐことが出来ること）、「一生一患の弁」（一生に一度罹患したら二度と同じ病気にならないこと）、「万病万毒の弁」（万病のすべてがその病毒が異なること）について述べている。(46・47)

二一〇年以上も前に現在の伝染病学、公衆衛生学、免疫学などの分野に及ぶ先駆的な論理を唱えた伯壽の業績は特筆に値する。

灯ちらちら疱瘡小家の雪吹哉　一茶『寛政句帖』

一茶三十二歳の句である。伯壽が見聞し、一茶が訪ねこの句に詠んだ隔離小屋は、まだ罹患者を遺棄するような施設であった。

疫病罹患者を隔離する方法は現在でも行われている。特に、法定伝染病及び疑似患者は伝染病予防法に基づいて特定の設備のある病院、施設に強制的に収容される。罹患者の治療のみならず周囲への伝染を防ぐことが大きな目的である。

現在では、疱瘡の原因は疱瘡ウイルスの感染、即ち、伝染する病であることが分かっている。では、ウイルスとはどのようなものか、次章で述べたい。

引用及び参考文献

（1）『続日本紀』巻十二「起天平七年正月尽九年十二月」国立国会図書館デジタルコレクション、コマ番号105・106／405
（2）宇治谷孟『続日本紀　全現代語訳』（上）講談社学術文庫、1996年、350・351・353頁
（3）富士川游著、松田道雄解説『日本疾病史』平凡社東洋文庫133、1969年、93頁
（4）服部敏良『奈良時代醫學の研究』科学書院、1980年、174・175頁
（5）『重刊巣氏諸病源侯總論』梅村彌右衛門、1645年、早稲田大学図書館
（6）前掲『日本疾病史』95・96頁
（7）源順『倭名類聚抄』巻三、1617年、国立国会図書館デジタルコレクション［2］のコマ番号27
（8）佐伯有義編『六国史』巻7「文徳実録」朝日新聞社、1930年、国立国会図書館デジタルコレクション、コマ

番号58
(9) 山口明穂・竹田晃編『岩波新漢語辞典』岩波書店、1998年、863頁
(10) 前掲『日本疾病史』96頁
(11) 桂洲甫『病名彙解』1686年、巻一の25・46頁、巻五の56頁
(12) 土井忠生・森田武・長南実編訳『邦訳日葡辞書』岩波書店、1980年
(13) 森田武編『邦訳日葡辞書索引』岩波書店、1989年
(14) 山内一也『近代医学の先駆者――ハンターとジェンナー』岩波現代全書、2015年（11頁には「長与専斎、松本私志1902東京大学医学部衛生学教室復刻版1985」を参考文献としている）
(15) 前掲『続日本紀』巻十二、コマ番号110
(16) 前掲『日本疾病史』102・103頁
(17) 野崎千佳子「天平7年・9年に流行した疫病に関する一考察」（『法政史学』53巻、2000年）35－49頁
(18) 前掲『続日本紀　全現代語訳』（上）361頁
(19) 前掲『続日本紀　全現代語訳』（上）376頁
(20) 川端善明・荒木浩校注『古事談　続古事談』新日本古典文学大系41、岩波書店、2005年、767頁
(21) 廖温仁『支那中世医学史』科学書院、1981年、365－366頁
(22) 志賀潔『臨床細菌学　伝染病論』後編、南山堂、1908年、605頁
(23) 三木栄『補訂朝鮮医学史及疾病史』思文閣出版、1991年、36頁
(24) 同前書「綜序」3頁
(25) ウィリアム・H・マクニール著、佐々木昭夫訳『疫病と世界史』（上）中公文庫、2009年、180・264・265頁
(26) 前掲『日本疾病史』107－111頁
(27) 菅沼英雄『妙法寺記の研究――富士山麓をめぐる戦国時代の古記録』蓮華山妙法寺、1962年、52・71・72・

76・84頁
(28) 国土交通省河川局「岩木川水系の流域及び河川の概要(案)」2005年、2頁
(29) 長尾角左衛門『岩木川物語　復刻版』図書刊行会、1986年、61−89頁他（復刻原本『岩木川物語』第三編「津軽平野の水害」第一章「過去の水害」1965年、青森県河川協会）
(30) 国際地学協会出版部『総合世界／日本地図』国際地学協会、1986年、青森県1・2図
(31) 「中泊町立博物館展示資料　平成十一年企画展」青森県北津軽郡中泊町
(32) 弘前大学国史研究会編著『津軽史事典』名著出版、1977年、165−201・350−424頁
(33) 成田末五郎編『中里町誌』中里町、1965年
(34) 松木明、松木明知『津軽の医史』津軽書房刊、1971年、95−104頁
(35) 前掲『岩木川物語　復刻版』61−89頁他
(36) 藤根古品『古咄傳記』2巻「十二　白髭水の事」岩手古文書会、1698年、14・15頁
(37) 柳田国男『遠野物語』新潮文庫、2019年、29・30頁
(38) 前掲『津軽史事典』345頁
(39) アン・ジャネッタ著、廣川和花・木曾明子訳『種痘伝来――日本の〈開国〉と知の国際ネットワーク』岩波書店、2013年、154−159頁
(40) 渡辺理絵「近世農村社会における天然痘の伝播過程――出羽国中津郷を事例として」（『地理学評論』日本地理学会、83巻3号、2010年所収）248−269頁
(41) フランク・M・バーネット著、新井浩訳『伝染病の生態学』紀伊國屋書店、1966年、187−189頁
(42) 斎藤月岑・金子光晴校訂『増訂武江年表』（1）平凡社東洋文庫、2001年、93・112・132・196頁
(43) 同前書『増訂武江年表』（2）73・189−191頁
(44) 大口勇次郎『江戸城大奥をめざす村の娘――生麦村関口千恵の生涯』山川出版社、2016年、28・61頁
(45) 指田摂津正藤詮『指田日記』武蔵村山市教育委員会、1994年、21−27頁

（46）橋本伯壽（徳）・溝部有山（益）閲『国字断毒論』溝部有山（益）閲、1814年、京都大学貴重資料デジタルアーカイブ

（47）森嘉兵衛・谷川健一編『日本庶民生活史料集成』第七巻「国字断毒論」三一書房、1970年、93－119頁

医学的見地からみた
疱瘡とジェンナーの業績

微生物とは

微生物と感染

微生物は肉眼で観ることが出来ない小さな生物の総称で、細菌やウイルスをはじめ真菌、原虫なども含まれる。これらの中でヒトや動植物などに病気を引き起こす病原性のあるもの、即ち病原体が問題になる。病原体が生体、例えばヒトに侵入、定着し、更に増殖しながら活動を始め、生体に非日常的な反応を起こした時に感染が成立したことになる。感染の結果、炎症が引き起こされ、その局所には熱感、発赤《ほっせき》、腫脹、疼痛（いたみ）、機能障害などが認められるようになる。臨床的には自覚的、他覚的に何らかの症状、例えば発熱、咳嗽《がいそう》（せき）、下痢などを現した時に疾病として発症したと言い、感染症に罹ったと言っている。つまり、感染症は病原体と生体、宿主、例えばヒトとの相互関係によって起こる現象である。

感染症の中で、ヒトからヒトへ病原体が伝染していくものを伝染病、古くは疫病と言い、その結果多くの罹患者が認められることを流行と言っている。流行を引き起こす病原体はその歴史、感染源、感染経路、生態、更に宿主、例えばヒトの環境・生活・社会的要因などとの関係が注目される。病原体の感染経路には、空中に浮遊する病原体を含んだ粒子を吸い込むことにより感染する空気感染、気道感染、特にヒトの咳嗽などの飛沫による飛沫感染や、病原体に汚染された食物、水などの摂取による経口感染、昆虫、蚊、ノミなどを代表とする節足動物媒介感染、ペットや動物の排泄物、唾液や咬傷、接触による人畜共通感染、症状のない無症候性感染の母親から赤ちゃんへの母子感染、接触感染、性感染、血液を介する感染などがある。
疱瘡は、主に空気感染、飛沫感染、時に接触感染によりヒトの気道から侵入する。また、はしかも同様に空気中に浮遊する病原体を含んだ粒子、特に罹患者の咳嗽による微小な飛沫核を吸い込むことにより感染する。

細菌

細菌は微生物の一つである。大きさは一〇〇〇分の一ミリメートル、即ち一マイクロメートル程で、細胞膜に包まれた単細胞生物である。遺伝物質、核酸としてDNAとRNAの双方を持ち、代謝やタンパク質の合成を行い、二分裂により外界でも容易に増殖が出来る。要するに細菌は養分があれば自ら成長し、殖えることが出来る。結核菌、赤痢菌、百日咳菌、ジフテリア菌、破傷風菌、病原性大腸菌、コレラ菌など多くの細菌感染症の原因菌は、このような構造と機能を持っている。また、一般に抗菌薬が有効である。

ウイルス

ウイルスも微生物の一つである。大きさは細菌の十分の一程度で一〇〇万分の一ミリメートルで、ナノメートルの単位で表される。従って電子顕微鏡を使わなければ観察出来ない。遺伝物質、核酸としてDNAまたはRNAを持っている。一口で言えば、自らと同じものを作らせる情報を持った分子である。この核酸はカプシドというタンパク質の殻に包まれており、更に、ウイルスの種類によってはその外側に糖質とタンパク質からなるエンベロープと呼ばれる膜を持っている。電子顕微鏡で一般的に観られるスパイク状の突起である。

ウイルスの最も特徴的なことは増殖の方法で、細菌のように自ら増殖することが出来ない。増殖には寄生している生体、例えばヒトなど宿主の細胞に依存しなければならない。ウイルスにも好みの細胞、組織、臓器があり、例えば、呼吸器系に親和性があるインフルエンザウイルス、腸管に親和性があるエンテロウイルスなどであるが、疱瘡ウイルスは、はしかウイルスと同じ全身感染性ウイルスである。因みにはしかウイルスは神経親和性でもある。抗菌薬は効果がない。

現実的なことではあるが、先のエンベロープはエタノールや胃酸、胆汁酸成分によって破壊されるために、インフルエンザウイルスの流行時や現今のCOVID-19ウイルスの流行時にエタノール液により手指を消毒することが勧められている。疱瘡ウイルスもエタノール、紫外線には弱く、容易に不活化（死滅、感染性を失わせること）する。

次に疱瘡ウイルスについて述べておきたい。

ポックスウイルス科

疱瘡ウイルス

疱瘡ウイルスは、ウイルスの分類ではポックスウイルス科に属しており、疱瘡ウイルスの他にワクシニアウイルス、牛痘ウイルス、サル痘ウイルスなど脊椎動物や昆虫を宿主とする多くのウイルスが存在するが、その代表的なウイルスが疱瘡ウイルスである。

疱瘡ウイルスは煉瓦状のエンベロープを持っており、大きさは短径五〇ナノメートル、長径三〇〇ナノメートル（はしかウイルスは長径一〇〇ナノメートル）の卵形で、ヒトに感染するウイルスの中では最も大きい。

重要なことは、疱瘡ウイルスは唯一ヒトにのみ感染すること、また、不顕性感染が極めて少ないことである。この二点の特徴に加えて有効なワクチンの開発・製造が、昭和五十五年（一九八〇）の天然痘の世界根絶宣言に繋がるのである。不顕性感染とは、明らかに感染が確かめられていても、典型的な症状が出ないものを言う。疱瘡やはしかウイルスは初感染で一〇〇パーセント近く発症する顕性感染を示す。

遺伝子が非常に似ているワクシニアウイルスと牛痘ウイルスは、共通祖先から分岐進化したと考えられている。

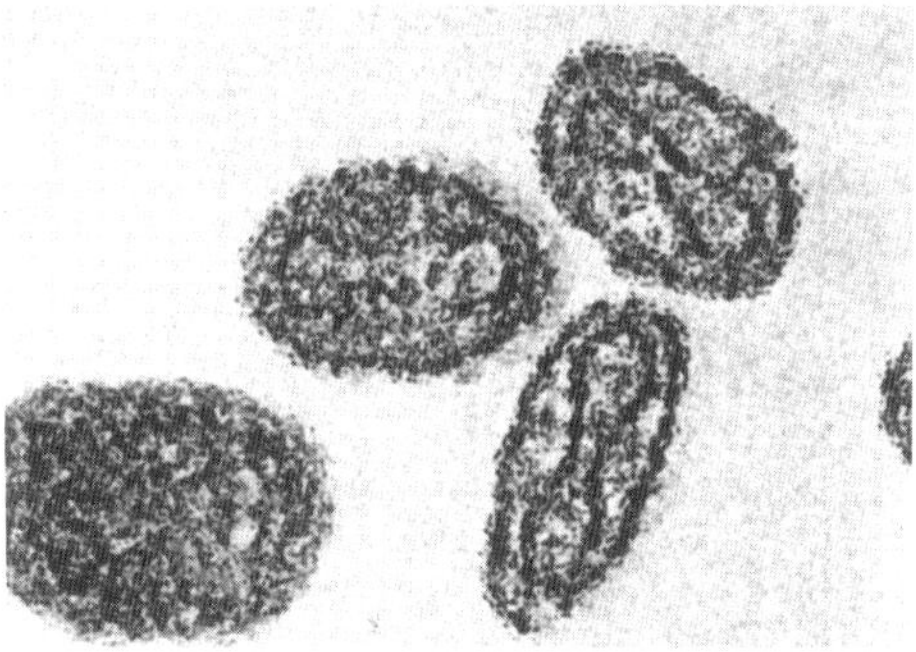

疱瘡ウイルス。Dre 博士らが培養し、撮影した電子顕微鏡画像（PhD Dre at English Wikipedia より）

ワクシニアウイルスは疱瘡の予防接種である種痘・植疱瘡《うえぼうそう》に使われてきた疱瘡ウイルスである。長い間、ジェンナーが開発した牛痘種痘法の牛痘ウイルスが種痘・植疱瘡のワクチンと考えられていたが、二十世紀半ばの西暦一九五〇年代にウイルス学の概念が確立し、別のウイルスであることが分かり、「ワクシニアウイルス」と命名された。このウイルスの起源については後述する。

現在、臨床的に疱瘡ウイルスは、その遺伝子の相異から致死率一〇ないし二五パーセントと非常に毒性が強い大痘瘡と、致死率一パーセント以下の小痘瘡の二つの病型が知られている。このことが、疫史の中の疱瘡罹患

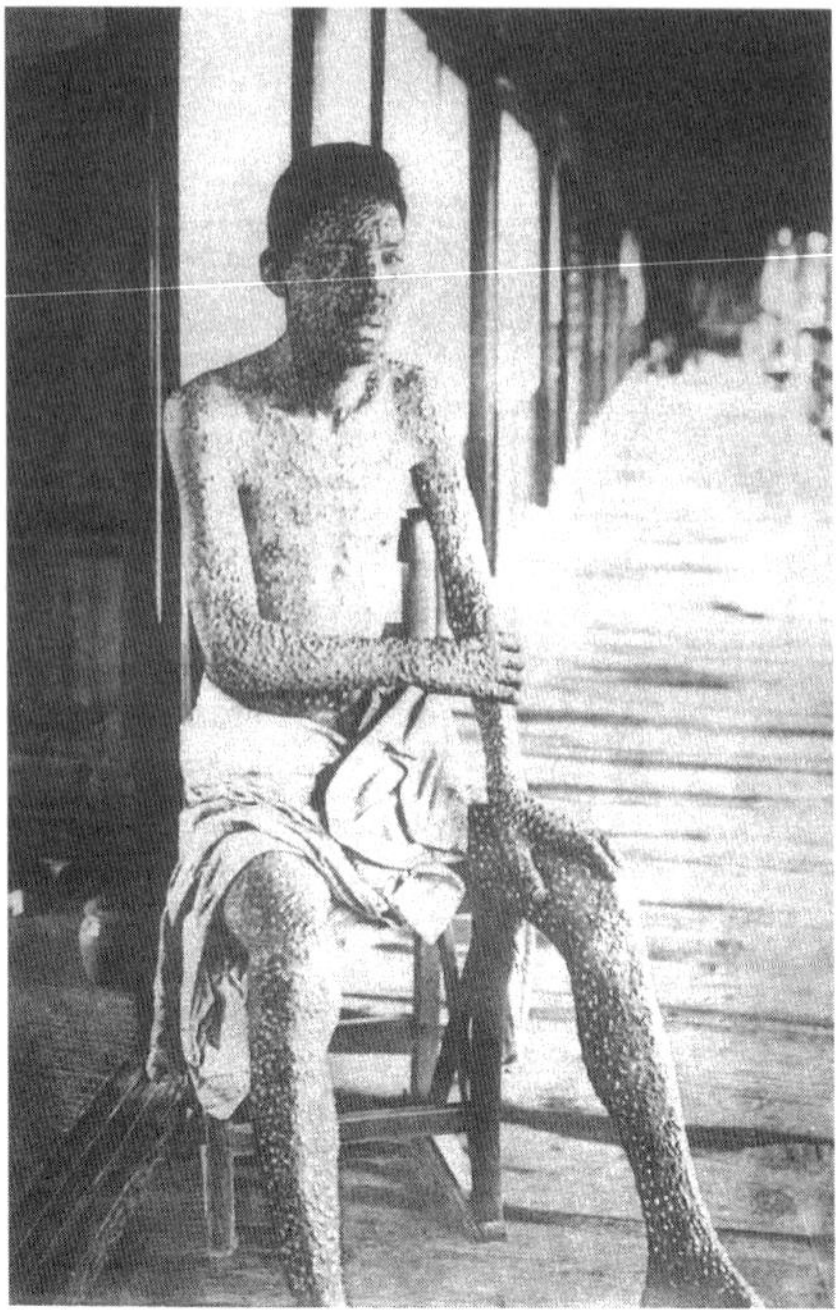

明治40年、神戸病院にて撮影された痘瘡患者（志賀潔『臨床細菌学　伝染病論』より）

者の軽重、生死に関係しているものと思われる。

感染は主に飛沫による空気感染で、ウイルスが鼻腔、咽頭粘膜から気道に侵入し、所属リンパ節を経てウイルス血症を起こし、全身の皮膚、粘膜に達する。感染し発症するまではおよそ二週間である。発熱、頭痛、発疹が生じ、紅斑→丘疹《きゅうしん》→水疱→膿疱→瘢痕《はんこん》という症状、所見が同一時期の経過を辿る特徴がある。[1-4]

二十世紀の間に三ないし五億人が死亡したとされている疱瘡は、ジェンナーの業績に端を発した予防接種とその普及により、この地球上から姿を消し、その恐ろしさが忘れ去られようとしている現在、それを否定するような事件が起こった。わが国の疱瘡の疫史を回想する意味でも、その概略を記しておきたい。

英国バーミンガム大学の悲劇

ジャネット・パーカーの疱瘡ウイルス感染による死亡は、疱瘡ウイルスの恐ろしさを再認識させるのに十分すぎる事件であった。

事の顛末《てんまつ》はこの類いの事故と同様に、ウイルスを扱うのには十分に検証されていない不完全な設備による疱瘡ウイルスの拡散であった。

パーカーは四十歳の女性。バーミンガム大学医学部解剖学講座で医療用写真の現像を担当していた。この講座は微生物学講座の疱瘡ウイルスの研究者ヘンリー・ベドソンの実験室の真上にあった。

一九七八年（昭和五十三）八月十一日にパーカーは頭痛と筋肉痛を訴え、十五日に発疹が認められた。主治医が投与した抗生剤による薬疹が疑われ、それを中止した。しかし、症状は悪化し二十四日にイースト・バーミンガム病院に入院し、電子顕微鏡検査により疱瘡の診断がなされ、三日後には大疱瘡ウイルスが分離された。ただちに隔離施設カトリーヌ・ド・ベインズに移されたが、九月十一日に死亡した。パーカーは十二年前の一九六六年に疱瘡ワクチンを接種していた。

政府により任命されたレジナルド・シューター教授により調査が行われた。その報告書によると、パーカーが七月二十四日から翌日にかけて、一九七〇年に研究室で扱われていた三歳のパキスタン人患児から採取されたエイビットと呼ばれていた疱瘡株に感染したと推定した。ウイルスは換気装置を備えた安全キャビネットで扱われていたが、事件後の実験ではウイルスの拡散を防ぐのには全く役に立っていなかった。ウイルスは不完全なダクトを経由して研究室から上階の解剖学講座の小部屋に拡散したものと推測された。(5・6)

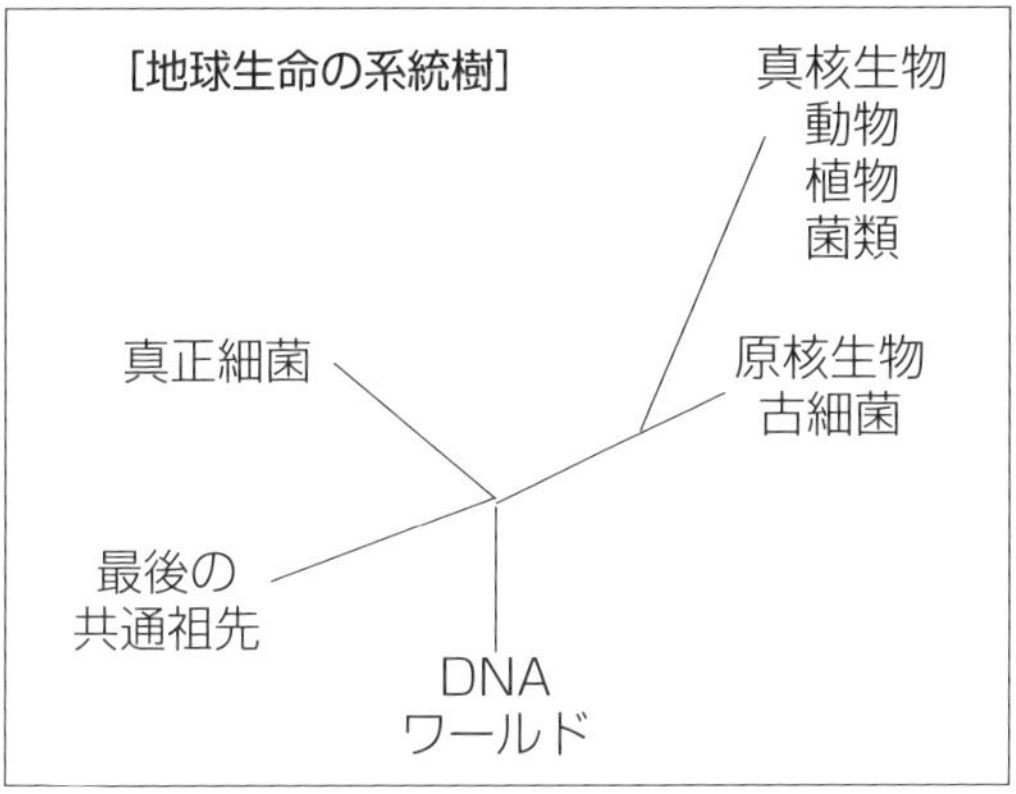

丸山茂徳・磯崎行雄『生命と地球の歴史』（岩波新書）をもとに作成

ウイルスは何処から来たのか

この地球に生命が発生したのは四十億年前頃と推定されており、(7) 三十億年前には普通細菌である真正細菌、高温、高酸性など極限で増殖する

1968年にフランスで発行された
ラスコーの壁画の切手

古細菌が、更に二十一億年前には細胞核を持ち、動物、植物に進化した真核生物が出現していた。古細菌のウイルスが持つタンパク質の外殻（カプシド）の立体構造が、真正細菌のウイルス（バクテリオファージ）や動植物ウイルスなどと共通性を持っていることが明らかになった[8]。従って少なくとも細胞核を持たない原核生物が出現した三十億年余り前には、共通のウイルスが存在していたことになる。バクテリオファージとは、細菌に感染し、細菌を侵し、溶菌を起こさせるウイルスを言い「細菌を喰うもの」との意味からきている[9]。

化石人類学からの推測や現世人類のミトコンドリア遺伝子の解析から、五〇〇万ないし四〇〇万年前に類人類から分岐したと考えられている人類の誕生は[10]、およそ二十万年前に現人類ホモ・サピエンスとして出現したが、その遥か昔のおよそ一億五五〇〇万年前には既に多くの哺乳動物が地球上に生息していた。ネズミなどの齧歯類は六〇〇〇万年前に、ウシ、ブタなどは五六〇〇〇万年前に出現したとされており、人類が出現する遠い昔に、他の哺乳動物にウイルスが寄生していた可能性が推測される[11]。

約一万二〇〇〇年前、旧石器時代頃に最後の氷河期が終わり温暖な時代になると、人類は狩猟生活から農耕を始めた。人びとの定住、集団化が始まり、人口増加、哺乳動物の家畜化が始まった。旧石器時代の洞窟の壁画であるフランスのラスコー、なかでもショーヴェ洞窟にはクロマニヨン人によって描かれた、恐らく飼育されていたであろう、ウマ、ヤギ、ヒツジ、ヤギュウ、オオツノシカなどが描かれている[12]。

『古事記』には崇神天皇の御代（古墳時代前期頃か）に「又是之御世。作依網池《よさみいけ》。亦作軽《かる》之酒折池《さかおるのいけ》也」とあり、現在の大阪府堺市内に依網池を、奈良県橿原市大軽町辺りに軽の酒折池などの池溝を開き、農業の便を計った記載がある。[13] 後者は現在の橿原市大軽町の石川池（剣池）か。[14]

このような人びとの生活様式の変化は、ウイルスの生存にとっては極めて良い条件となり、哺乳動物、家畜のウイルスがヒトにのみ感染するウイルスに変異したと推測されている。その代表的なウイルスが、疱瘡ウイルスとはしかウイルスである。

疱瘡ウイルスは四〇〇〇年前にウマのウイルスがヒトに感染して広がっている間に、ヒトにだけ感染するウイルスに進化したと考えられている。また、はしかウイルスは、ウシの急性伝染病の原因である牛疫ウイルスにヒトが感染し、およそ八〇〇〇年前頃にヒトにのみ感染するウイルスに変化したと考えられていたが、[15] 二〇二〇年六月に新しい論文が学術雑誌「サイエンス」に掲載された。それによると、一九一二年（明治四十五）はしか肺炎で亡くなったヒトの肺から、はしかウイルスの遺伝子を検出、解析した結果、はしかウイルスが牛疫ウイルスから分岐したのは二五〇〇ないし二六〇〇年前、紀元前六世紀頃だろうと推定している。[16]

現在の石川池（剣池。奈良県景観資産より）

疱瘡とはしかの鑑別

疾患を鑑別することは、その疾患の治療、予後、予防などのために大切であることは言うまでもない。特に疫病の場合は流行を防ぐ意味からも重要である。疱瘡とはしかの鑑別も同様である。

ラーゼスの業績

ラーゼス (O.E.Winslow : A Destroying of Smallpox in Colonial Boston Houghton Mifflin Company, Boston 1974)

歴史上、疱瘡とはしかを最初に鑑別したのは何処の誰か。西暦六十八年頃、わが国の弥生時代の半ば、垂仁天皇から景行天皇の頃、シリアに居住していた古代ヘブライの医師エル・イェフデイがその相異を認識していたと思われるが[17]、確定的に鑑別したのはアル・ラーズィー（通称ラーゼス）という。およそ九世紀後半（八六五―九二三年または九三二年、日本では平安時代中期）の古代ペルシャの医師であり、錬金術師、化学者、哲学者、博学者が著書 *Kitab fial-Jadari wa-al-Hasbah*（疱瘡とはしかの論文）にそれぞれの臨床症状の特徴を見極め、疱瘡とはしかは明らかに異なると鑑別し、記述した[18]。この書をアラビア語から英語に翻訳したのはウィリアム・アレキサンダー・グリンヒルで、一八四七年（江戸時代後期の弘化四年）のことで、ラーゼスの業績から実に十世紀余りを経ていた。

ラーゼスは発疹をはじめ各症状について詳記しているが、疱瘡とはしかの重要な鑑別点は、疱瘡の Pain in the back（背部痛）で、一方、はしかの特徴としては Inquietude（苦悶、苦悩）、Nausea（嘔気、悪心）、Anxiety（不安、苦悶）などが頻繁に認められたとしている[19]。

現在の内科学の成書『ハリソン内科学』には、疱瘡では発熱、頭痛、背部痛、筋痛、五〇パーセントに嘔吐があり、はしかでは咳嗽、結膜炎、感冒様症状、重度の疲労があることが載っており[20]、ラーゼスの言う双方の疾患の特徴をそれとなくよみがえらせている想いがする。

近代の成書から

現代の成書には疱瘡の項はない。はしかとの鑑別の資料を探すのには、時代をさかのぼらなければならない。

大正六年（一九一七）の井上吉之助著『麻疹、風疹及水痘』には「痘瘡疹ノ初期ニ於ケルモノハ、麻疹ニシテ浸潤ノ強キ発疹ヲ現ハシタル場合ト類似ス」とあるが、発病以来の経過、コプリック氏斑の存在、熱型、発疹の色合などから鑑別出来るとある。[21]コプリック氏斑は米国の医師ヘンリー・コプリックの一八九六年（明治二十九）の報告による。[22]はしか罹患者の頬内側の口腔粘膜に認められる淡青色の小発疹で、初期の診断、皮疹が認められる他の疾患との鑑別に有益である。

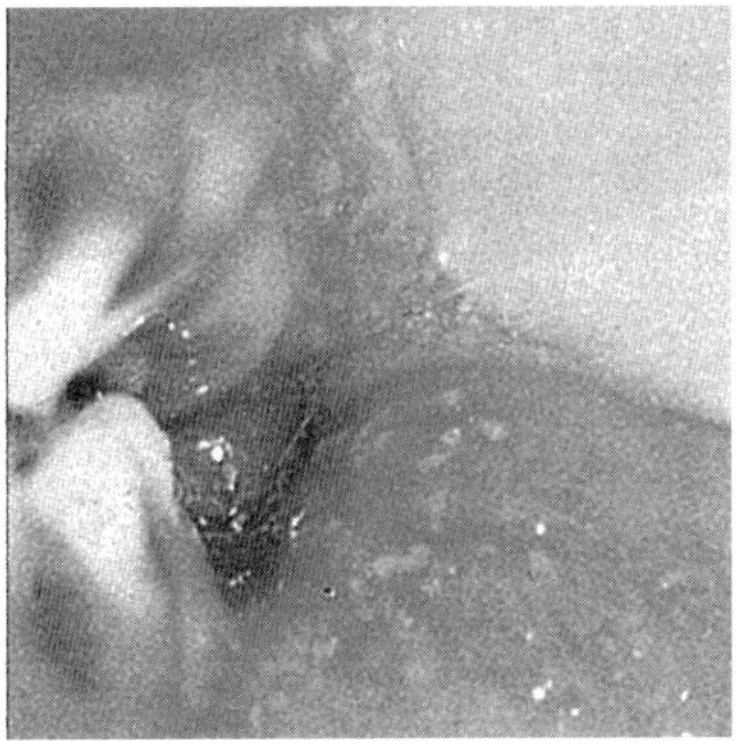

コプリック氏斑 (Bermard A. *Cohen Pediatric Dermatology* Third Edition ELISEVIER MOSBY 2005 165P)

いささか話が飛躍するが、第一次遣唐使は舒明天皇二年（六三〇）で、犬上御《いぬかみのみ》田鍬《たすき》・薬師《くすしの》恵日《えにち》を遣わした。唐は大宗貞観四年。帰国は二年後である。以降、十数年から二十数年の間隔で都合十二ないし二十回（他にも説がある）派遣された。聖武天皇の天平八年（七三六）八月二十三日に帰国した遣唐副使の中臣朝臣らが唐人三人、ペルシャ人一人を連れ、天皇に拝謁したことが『続日本紀』にある。更に、この

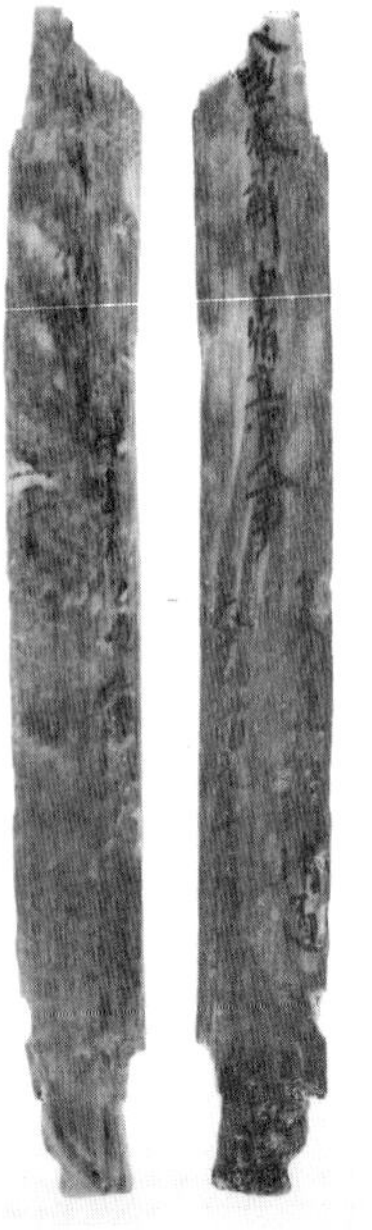

平城宮宮域東南隅地区出土の木簡（奈良文化財研究所蔵）

平城宮にペルシャ人の役人

木簡に「破斯」赤外線で判読

ペルシャ人を示す文字が確認された木簡の赤外線写真（奈良文化財研究所提供）

木簡に記されていた文字

大学寮解　申宿直官人事
員外大属破斯清通
天平神護元年□□□□
※□は判読不能

奈良市の平城宮跡で出土した「天平神護元年」（765年）と記された木簡に、ペルシャ人の役人とみられる「破斯《はし》清通」という名前があったことが5日、奈良文化財研究所の調査で分かった。「破斯」はペルシャ（現在のイラン付近）を意味する中国語の「波斯」と同義で、国内の出土品でペルシャ人を示す文字が確認されたのは初めて。外国人が来日した平城宮の国際性を示す史料となりそうだ。

同研究所によると、木簡は昭和41年、平城宮跡東南隅の発掘で出土した、役人を養成する「大学寮」での宿直勤務に関する記録。

当時は文字が薄いため名前の一部が読めなかったが、今年、赤外線撮影したところ、「破斯」の文字を判読できた。

「大学寮解　申宿直官人事」のほか、下部に、特別枠で任じられた役人を意味する「員外大属《いんがいだいさかん》」という役職名もあった。

「産経新聞」2016年10月６日付記事（共同通信配信）

十一月三日、天皇が中臣朝臣らのほか、唐人の皇甫《こうほ》東朝《とうちょう》、ペルシャ人の李密翳《りみつえい》らにそれぞれの身分に応じて位階を授けており、ペルシャ人の名前が明らかになった[23]。

また、正倉院御物には幾つかのペルシャ・ササン朝の品物がある。瑠璃《るり》の杯《つき》もその一つであるが、白瑠璃碗、水瓶の漆胡瓶《しっこへい》などペルシャからヨーロッパへ、更に遥々とシルクロードを経由し中国の西安に、そしてわが国に運ばれて来たものであろう。ペルシャ・ササン朝はわが国の飛鳥時代から白雉《はくち》二年（六五一）頃と思われる。

昭和四十一年（一九六六）に平城宮跡東南隅で発掘された天平神護元年（七六五）の木簡には、ペルシャを表す破斯《はし》（波斯）の文字が書かれていたことが赤外線撮影で判読されたという[24]。

「大学寮解　申宿直官人事
員外大属破斯清道
天平神護元年□□□□」

（□は判読不能）

破斯清道（橋野清道）はペルシャ人の名前で、当時ペルシャ人の役人が居たことになる。公式令《くしきりょう》宿直百官《しゅくちょくひゃくかん》条によれば、各官司では仕事の閑繁を考慮して、役人が番を作って宿直することになっていたという。既に平城宮内の式部省跡からは、

「大学寮解　申宿直官人事
　少允従六位上紀朝臣直人
　　神護景雲四年八月卅日」

の木簡や「宿資人」の人数と名前を記した天平八年六月三日付の宿直について書かれた木簡も認められている。(25) 先の発掘された「破斯」の文字の木簡はその一つと思われる。

このようなペルシャとの関係を示す遣唐使や木簡の存在、正倉院御物に幾つものペルシャの品物が存在することから、ラーゼスの「疱瘡とはしかの鑑別」という業績が遥々とシルクロードを旅して、その東端のわが国の飛鳥京や平城京に伝わり、有意義な影響をもたらしていた可能性があると考えることは夢であろうか。

疱瘡予防の歴史

疫病の予防 ── 予防接種

疫病に対して最も重要なのは予防である。一般的な対応はさておき、原因がウイルスに限らず細菌その他の感染に対してワクチンを接種する、即ち予防接種を受けることは、疫病に対する個人の免疫効果を備

え防衛することになるが、他方、社会全体の疫病を減らす社会的防衛をもたらすことにもなる。
わが国の「予防接種法」には以下の文言がある。

第1条
この法律は、伝染のおそれがある疾病の発生及びまん延を予防するために公衆衛生の見地から予防接種の実施その他必要な措置を講ずることにより、国民の健康の保持に寄与するとともに、予防接種による健康被害の迅速な救済を図ることを目的とする。

第2条
この法律において「予防接種」とは、疾病に対して免疫の効果を得させるため、疾病の予防に有効であることが確認されているワクチンを、人体に注射し、又は接種することをいう。[26]

まず、予防接種に用いられるワクチンについて述べたい。

ワクチン

ワクチンは外来語で、もとは英語の vaccine である。vaccine は雌牛（cow）や予防接種（process vaccination）を意味するラテン語の vocca（雌牛）に由来する。[27] ジェンナーは牛痘にラテン語の cowpox（雌牛の水疱）を意味する variolae vaccinae（ワリオラエ・ワッキーナエ）という名称を付け、自らの実験の正しさを確信していた。[28]

では、ワクチンとは何か、専門書を要約すると「病原体を利用し疾患に対する免疫力を高め得る製剤」とある[29]。

一般的にワクチンは、まず疾病の原因となる病原微生物が特定され、それを基にワクチンが開発され、改良されることが多い。本書の「はじめに」で紹介した米国のエンダースとピープルスのはしかワクチンがそれである。しかし、ジェンナーの業績は、疱瘡ウイルスの発見、ワクチンの開発、種痘・植疱瘡という経緯とは少々異なっていた。

疱瘡の予防法の歴史

疱瘡は、死亡率の高さのみならず、たとえ治癒しても発疹の痕跡が残ることから人びとの恐怖を煽り、如何に罹らないで済むのか、どのように防ぎ得るのか、歴史的にも多くの工夫が行われていた。

予防接種図　Leopoldo Mendez (Mexican) *Vaccination, 1935* (Philadelphia Museum of Art. occession no '59-6-11. Given by an Anonymous Donor.) S.A.Plotkin et al. Vaccine

【衣苗法・痘衣種法】

古来、行われていた疱瘡に罹患していない人に安全に疱瘡を受けさせる試みである、人為的な疱瘡軽症罹患者への接触や、罹患者の被布類、着衣などに身を包む、所謂、痘気を伝染させる衣苗法、痘衣種法などは世界各地域で行われていた。これらは経験的に試みられていたのであるが、「疱瘡の水疱には大量のウイルスが存在しており、また、疱瘡ウイルスは罹患者の瘡蓋《かさぶた》の中では冬季で五十日、夏季で三十日間は安定しており、また、着衣に付着した水疱液や膿疱の瘡蓋は塵埃《じんあい》になり舞い上がり吸引により咽頭に侵入する可能性があり」[30]、人為的罹患者への接触、衣苗法、痘衣種痘法などの人痘種痘は、危険性はあったにせよ、ある意味で有効であった。

疱瘡を風土病として抱えていた人口過密地域の中国とトルコでは、古くから特別な予防法としての人痘種痘（Variolation）が行われていた。この人痘種痘は疱瘡に対して免疫を得る一つの方法で、疱瘡罹患者の膿疱や痂皮を採取し未罹患者に接種するもので、ジェンナーの牛痘種痘、即ち種痘（Vaccination）が伝わるまで広く行われていた予防法の一つであった。以下、その要点を述べる。

【中国の人痘種痘法】

宋の真宗の時代、わが国の長徳四年（九九八）、峨眉山《がびさん》の丞相《じょうしょう》王旦（九五七－一〇一七年）が「峨眉山の神医に請い、痘苗を取り」我が子の王素に人痘を植え癒えたという[31・32]。以降、人痘種痘は、少なくとも十六世紀には中国で盛んに行われていた。この痘苗は現今の疱瘡ウイルスのことで、疱瘡に自然罹患した経緯を模倣したとされる「旱苗（乾燥性）法」または「鼻孔吹入法」である。罹患者の痘痂《かさぶた》を粉末にして未罹患者、特に子供の鼻腔に挿入した管を通して吹き込み、隔離する。この方法で死亡した子供の数が自然罹患により死亡した子供の数よりも少なかったという[33]。江戸時代前期頃に中国南部からこの手法を持った多くの医家が長崎に来たというが、当時、わが国では実用化されることはなかった。

江戸時代中期、延享元年（一七四四）、疱瘡が大流行中の長崎に滞在していた清代の杭州の商人（種痘

古田山疱瘡所跡の碑と説明板
（大村市教育委員会提供）

科の名医で、画家との成書もある）李仁山《りじんせん》（本名・呉學孔）が長崎奉行、松波備前守平右衛門正房に中国式旱苗法・人痘種痘法を上申した。李仁山は奉行の求めにより大村藩医である柳隆元と堀江道元にこの方法を説明し、大浦で遊女二十人に水苗法、旱苗法の人痘種痘を行い成功したという。

この方法を更に広めたのは筑前国秋月藩医の緒方春朔である。寛政元年（一七七八）及び翌年の筑前の疱瘡大流行の際に鼻旱苗法を用い人痘種痘し成功した。彼はこの方法は自然罹患に勝ると江戸をはじめ多くの地域で種痘し、中国式人痘種痘法を改良、『種痘必順弁』なども記し普及を図ったが[34]、広く行われることはなかった。

人痘種痘法の先駆けである大村藩は、かつて疱瘡罹患者を隔離する「痘瘡山」「古田山疱瘡所」を作っていた。藩医長与俊達は藩命を受け、文政十三年（一八三〇）にこれを転用し、種痘実施後の隔離施設「種痘山・古田山疱瘡所」として開設した。種痘所には、八歳から十六歳までの種痘を受けた健康な男女が収容されていた。一度入所する

モンタギュー夫人 Ola Elizabeth Winslow A Destroying Angel The Conquest of Smallpox in Colonial Boston Houghtron Mifflin Company, Boston 1974

と五十日間は面会も叶わず、周囲一里以内の生活を強いられたという。この種痘法は人痘鼻旱苗法で、接種者は毎年一〇〇人に及び、死亡例は一〇〇人に二、三人であったが、弘化元年（一八四四）以降は上腕に接種する「腕苗法」に変え、死亡者は三年に一人位になったという。痘瘡所はこのほかに岩屋山、駕篭の原に設けられた。このように大村藩は積極的に疱瘡に対応し、嘉永二年（一八四九）以後は「牛痘種痘法」を行った。[35・36]

【トルコ式人痘種痘法】

この方式も軽症の疱瘡に罹患させ、免疫を備えることにある。疱瘡罹患者から採取した「痘漿」即ち疱瘡の水疱から出る膿汁（うみの汁）を未罹患者の皮膚に人為的につけた創傷に注入する方法で「人痘種痘（Inoculation）」と呼ばれた。

この方法がいつ頃始められたのか分からないが、イタリアの二人の医師エマニュエル・ティモーニとジャコモ・ピラリーノの論文がロンドンの王立協会の機関誌 *Philosophical Transactions*（「哲学紀要」）に掲載されたのは、江戸時代中期の一七一四年（正徳四）及び翌年のことである。[37]

一七一八年（享保三）三月、当時の国際的な都市であったトルコのコンスタンチノープルに在住していたイギリス大使夫人メアリー・ワートレイ・モンタギューは、大使館の外科医チャールズ・メイトランドに依頼し、六歳の息子エドワードにトルコ式人痘種痘を受けさせた。その結果は夫人を満足させるものであったという。一七二一年、疱瘡が大流行していたロンドンに帰国した夫人は、四月にメイトランドを介して、更に二歳半の娘にこの人痘種痘を受けさせた。結果は良好で、これをみた医師の六歳の息子、王立委員会の命令による既決囚六人、更に王室の幼児にも行われ、イギリス全土、ヨーロッパ大陸各地で行われるようになった(38–40)。

わが国では、オランダの商館医ベルンハルト・ケルレルが寛政五年(一七九三)に六人の小児に痘漿を接種し、四人の児に成功した。この方法は蘭学医の桂川甫周、大槻玄沢らによって推奨されたが、「人痘種痘」は公的に認められず、痘漿を確保し、保存することが容易ではなく、また手技が難しいことなどから広く行われることはなかった。

この頃、イギリスではジェンナーが「牛痘種痘法」の実験と論証を進めており、結局、わが国ではその方法を半世紀ほど後に取り入れることになる。

エドワード・ジェンナーの業績

ジェンナーの牛痘種痘法

一七九八年(寛政十)、イギリスのジェンナーが牛痘種痘法を発表した。牛の乳搾りに従事する者は疱瘡に罹らないことは既に知られていたが、ジェンナーはこの事実を基に、牛の疱瘡に似た疾患をヒトに移す、即ち、牛痘ウイルスをヒトに接種することでヒトの疱瘡に対する免疫を獲得させ得ることを実証した。現代の予防医学、免疫学を実践した先駆けであった。

ジェンナーは、一七四九年（寛延二）イギリスの酪農地帯のバークレイで牧師の九人兄弟の末っ子として生まれた。五歳の時に両親と死別し、長兄に育てられた。一七六一年、十二歳の時に医師になる志を持ち、開業医ダニエル・ラドロウに九年間師事、この折に受診に来た搾乳婦から聞いた「以前に牛痘に罹ったので疱瘡に罹ることはない」との言葉が、疱瘡予防研究の端緒となった。

一七七〇年、二十一歳になったジェンナーは、ロンドンの著明な医師ジョン・ハンターの住み込み弟子として修業した。ハンターは一七二八年、スコットランド生まれの解剖学者、外科医、博物学者で、スティーヴンスンの『ジキル博士とハイド氏』の主人公とされている。

米原雲海作ジェンナーの銅像（出典：ColBase：https://colbase.nich.go.jp/）

リベリア共和国ジェンナーの疱瘡接種225年記念切手。1796年５月14日にサラ・ネルムズの手に出来た痘膿をジェームス・フィップスに接種してから225年が経過した2021年２月１日に発行された

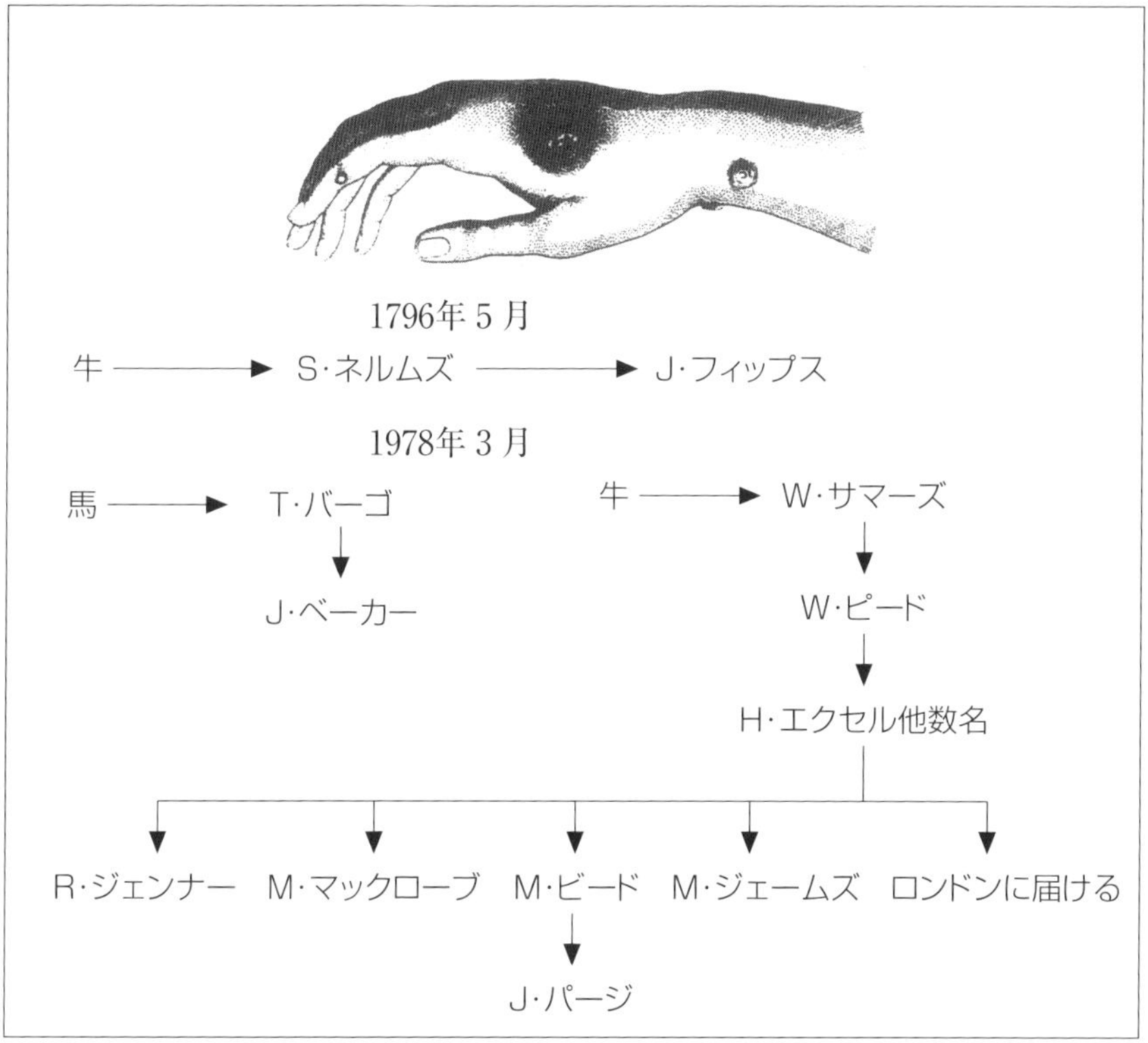

[ジェンナーの実験の経緯]

Derrick Baxby : *Edward Jenner's Role in the Introduction of Smallpox Vaccine History of Vaccine Development*, Springer 2011 をもとに作成

一七七三年、二十四歳のジェンナーは故郷に帰り、医師として開業し、同時に搾乳婦から聞いた話の観察と実験を始めた。

最初に、牛痘に罹った十九人に疱瘡患者の痘疱の膿を接種したが、一人も感染しなかった。その実験結果を得た後、一七九六年五月十四日に搾乳婦サラ・ネルムズの手に感染し生じた牛痘の痘疱の膿を、使用人の息子である八歳のジェームス・フィップスの腕に接種した。七日後に腋窩に腫脹感（窮屈な感じ）が、九日目に軽いぞくぞく感、食欲低下、軽い頭痛が認められ、また、気分が優れず、夜間にも落ち着かない状態だったという。しかし、腕には典型的な牛痘の痘疱が出来て、人為的な接種による感染が確認された。更に、

ゲーテ（世界文学全集９『ファウスト其他』の扉、新潮社、昭和２年）

四十八日目の七月一日と数か月後の二度にわたり疱瘡罹患者の痘疱を接種したが、感染は認められなかった。(41–43)

これが牛痘ウイルスが感染牛を経ずにヒトからヒトへ伝達することが出来、更に疱瘡に対して免疫を与える力を備えていることを実証した、ジェンナーによる決定的な発見であり、牛痘種痘法（Vaccination）の有効性を立証する画期的な最初の実験と結果であった。ジェンナーは牛痘の継代接種を始め、馬の蹄《ひづめ》のグリースという病気から採取した試料を接種するなど臨床実験を重ねて二十三症例の結果をまとめ、二年後の一七九八年六月に自費で出版した。

原文の表題は以下の通りである。(44・45)

An Inquiry Into the Causes and Effects of the Variolae Vaccinae, A Disease Discovered in Some of the Western Counties of England, Particularly Gloucestershire, and Known by the Name of The Cow Pox.

邦訳は「牛痘ウイルスの原因と作用に関する研究　イングランド西部諸州　特にグロスターシャーに見られ、牛痘の名で知られる疾病について(46)」。

当初、牛痘種痘法は容易に受け入れられなかったが、一八〇二年にはイギリス政府より賞金一万ポンドが贈られ、ようやく、そして瞬く間に国内のみならず世界中の多くの国で利用されるようになった。

ここで十八世紀ドイツの詩人、ヨハン・ヴォルフガング・フォン・ゲーテの疱瘡について触れておきた

郵便はがき

料金受取人払郵便

博多北局
承認

0647

差出有効期間
2024年11月15
日まで
（切手不要）

812-8790

158

福岡市博多区
奈良屋町13番4号

海鳥社営業部 行

通信欄

通信用カード

このはがきを，小社への通信または小社刊行書のご注文にご利用下さい。今後，新刊などのご案内をさせていただきます。ご記入いただいた個人情報は，ご注文をいただいた書籍の発送，お支払いの確認などのご連絡及び小社の新刊案内をお送りするために利用し，その目的以外での利用はいたしません。

新刊案内を［希望する　希望しない］

〒　　　　☎　　（　　）

ご住所

ご氏名《フリガナ》　　（　　歳）

お買い上げの書店名　　**季語になれなかった疱瘡**

関心をお持ちの分野

歴史，民俗，文学，教育，思想，旅行，自然，その他（　　　）

ご意見，ご感想

購入申込欄

小社出版物は全国の書店，ネット書店で購入できます。トーハン，日販，楽天ブックスネットワーク，地方・小出版流通センターの取扱書ということで最寄りの書店にご注文下さい。なお，本状にて小社宛にご注文いただきますと，郵便振替用紙同封の上直送致します（送料実費）。小社ホームページでもご注文いただけます。http://www.kaichosha-f.co.jp

書名		冊
書名		冊

い。ゲーテが疱瘡に罹ったのは一七五八年、九歳の夏である。顔面をはじめ全身が醜い痘疹で覆われた記録がある。種痘についてドイツの医師達は、予防接種は自然の発症に先んずるような医療行為であり、キリスト教の信仰に反するとの思いから、接種を躊躇《ためら》っていたようである。この種痘はジェンナーの報告が一七九八年であるから、牛痘種痘ではなく人痘種痘であろう。ゲーテはその後はしか、水疱瘡にも罹っている(47)。

ゲーテは奇しくもジェンナーと同じ一七四九年生まれ。ゲーテは八月二十八日、ジェンナーは五月十七日である。

石原あえか『科学する詩人ゲーテ』によれば「ゲーテが生きていた時代は、欧州でも疱瘡が猛威を振っており十八世紀には六千万人が犠牲になり、毎年、約四十万人(うちドイツでは七万人)が亡くなった(48)」という。ゲーテも六歳頃に罹患したという。また、種痘にも言及していたことが知られているが、当時のドイツではその有効性は迷信と相まって疑問が持たれていたという。ドイツで種痘の有益性を唱えたのは、クリストフ・ヴィルヘルム・フーフェラントであるが、このことは後述したい。

ゲーテが疱瘡に罹患した年齢について、一七五八年の夏とすると九歳になり、六歳頃と相異があるが、いずれが正しいのか分からない。

わが国への伝達

わが国でジェンナーの業績が広く知られるようになったのは、中国語に翻訳刊行された邱熺の『引痘略』が、天保九年(一八三八)に再刻され数年を経て日本に入り、小山肆成《しせい》により和訳され『引痘新法全書』として弘化四年（一八四七）に公刊されてからである。『引痘略』は桑田立齋《りゅうさい》により一巻本『引痘要畧解』と名づけて編集されており[49]、京都大学貴重資料デジタルアーカイブなどで閲覧が可能である。

小山肆成はまた、嘉永二年（一八四九）わが国で初めて「牛化人痘苗」の開発に成功したという。ジェンナーの業績から半世紀余り後のことである。

しかし、これよりも先、ジェンナーの牛痘種痘法は日本との通商を継続していたオランダから伝えられ

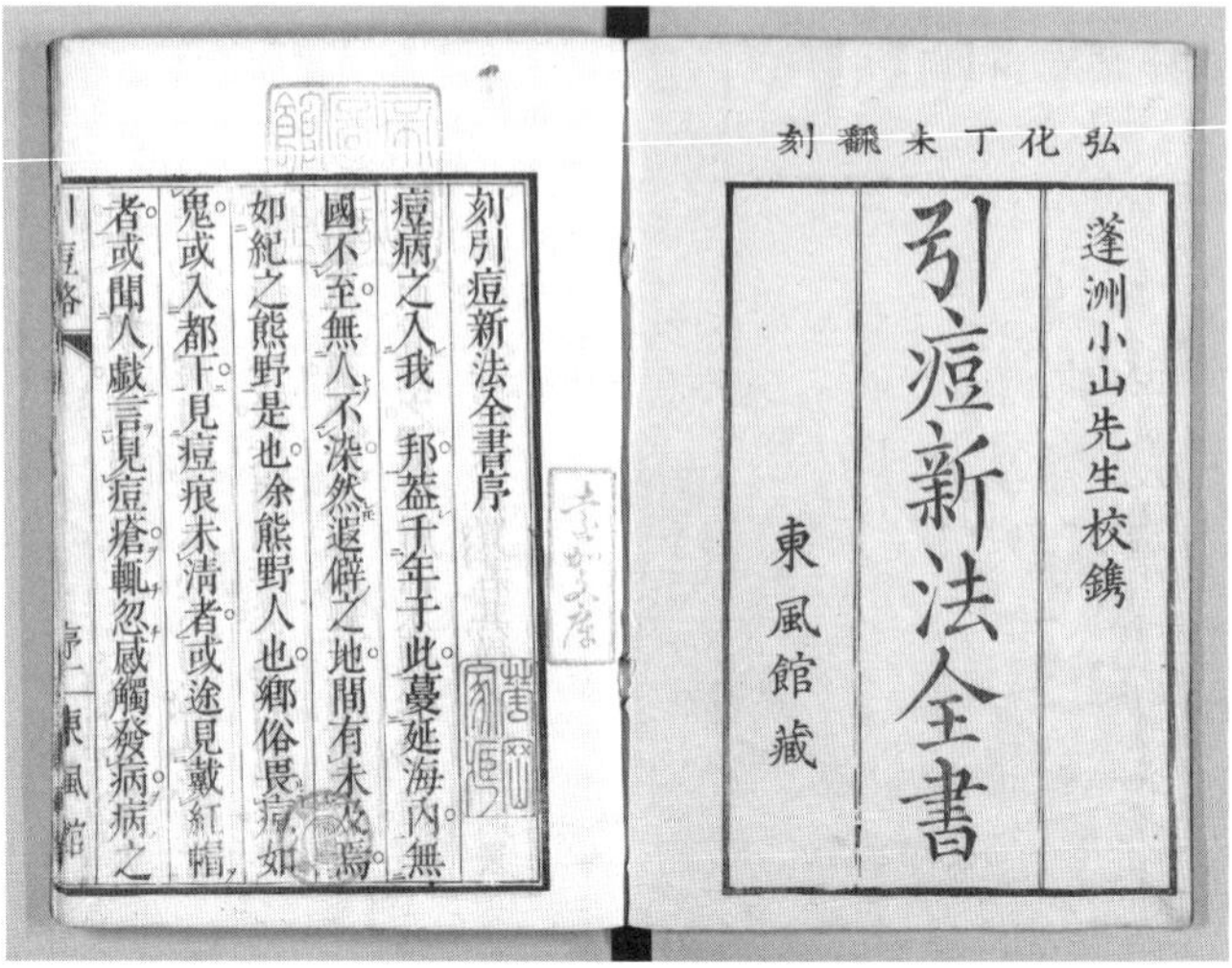

『引痘新法全書』（国立国会図書館所蔵）

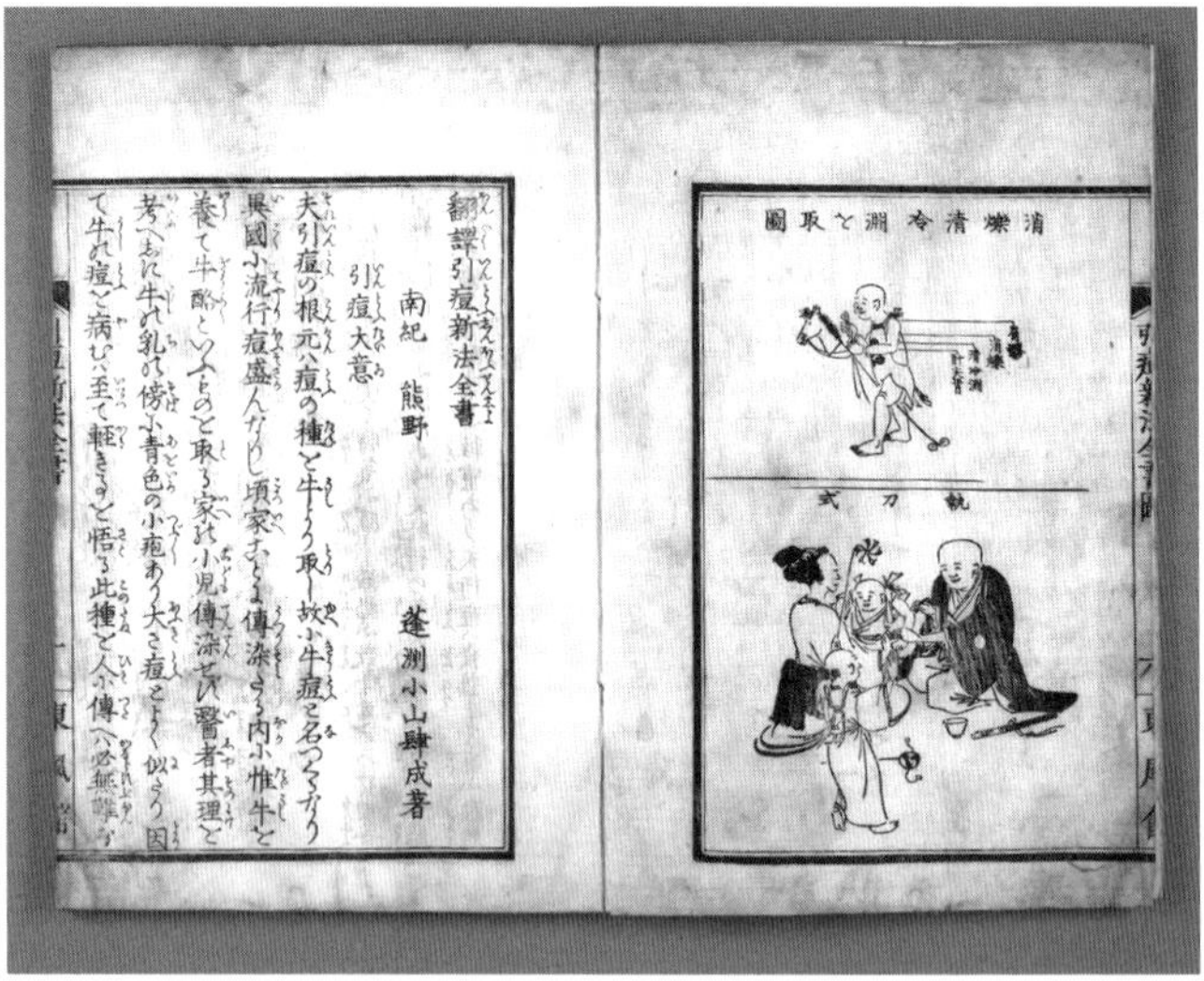

『翻訳引痘新法全書』（早稲田大学図書館所蔵）

ていた。一八〇三年（享和三）、ボストンを出航したチャーター船アメリカのレベッカ号の搬送書物に「牝牛から痘苗を採って人間に植え付けることに成功し、人痘法よりも良い結果をみた」と書かれていることが、長崎の新商館長ヘンドリック・ドゥーフから通詞馬場佐十郎に伝えられていたという。ボストンでは一七九九年（寛政十一）以降、既に牛痘種痘は広く行われていた。また、レベッカ号に乗船し来日したオランダ人医師ヤン・フレデリック・フイケルが、オランダの現状と共にドゥーフに伝えていた可能性がある。しかし、当時のわが国では、この情報がこれ以上拡がることはなかった。当時幕府はアメリカ船の貿易の要求を拒絶しており、また、恐らく将軍、あるいは幕府が有用な情報として求めなかったこと、通詞馬場佐十郎が僅か十六歳で、新しい医術を伝える相手がいなかったためではないかと推察されている。[50]

話が逸れるが、ドゥーフについて少々触れておきたい。文化五年（一八〇八）のフェートン号事件や天保四年（一八三三）完成の『ドゥーフ・ハルマ』蘭和辞典はよく知られているが、初めて俳句を詠んだ西洋人でもあった。

春風やアマコマ走る帆かけ船

稲妻の腕《かいな》を借りらん草枕

前の句は、『美佐古鮓《みさこずし》』の「鶚鮓集《みさごずししゅう》」に「作句和蘭陀人」として選句されている。この書の終わりにドゥーフの跋文「モノジャト瓔《たま》ノ浦ノ旅ノ舎リシテ和蘭陀ノヘンテレキドヤフ跋ス　和蘭改暦千八百十六年

四月十三日当　大日本文化十三年春三月十五日　通辞子潮訳」とある[51]。

一八一四年（文化十一）イギリスがオランダ東インド領を制圧した時にも、長崎の出島にはオランダ国旗が掲げられていた。翌年にオランダが再独立し、一八一七年にドゥーフは十七年振りに帰国した。

様々な経緯があったにも拘らず、ジェンナーの牛痘種痘法がわが国で一般化するのには数十年を要した。

中川五郎治（次）のこと

先のオランダ船によるアメリカからのジェンナーの業績が伝わって間もなく、わが国にはもう一つの牛痘種痘に関する出来事があった。

文化四年（一八〇七）六月のロシアの利尻島侵入という暴挙により、五年余り人質として抑留されていた中川五郎治が文化九年十二月に送還された。彼は抑留されている間にイルクーツクのロシア人医師のもとで働き、牛痘種痘法を教わっていたという。日本に送還された際、一八〇五年にロシア政府が発行したロシア語の『牛痘種痘』の解説書を持ち帰ったが、幕吏に没収され放置されたままになっていた。ピッツバーグ大学のアン・ジャネッタによれば、この冊子はロシアの王立科学院の医療委員会によって編まれたもので、原題は *Sposob izbavitsia povershenno ot ospennoi zarazy posredstvom vseobshchego privivaniia korovei ospy*（Moscow : Synod Printing House, 1805）。邦訳は『牛痘種痘の普及によって天然痘罹患を免れるための手引書』である[52]。

この冊子はさまざまな経緯により八年余り後に馬場佐十郎によって翻訳され『遁花秘訣[53]』と題された。文政三年（一八二〇）秋のことで、わが国に牛痘種痘法の手引書として紹介された最初であった。この手引書は三十年後の嘉永三年（一八五〇）、馬場佐十郎没（文政五年）後二十八年、中川五郎治没（嘉永元年）後二年を経て、利光仙庵により『魯西亜牛痘全書』として刊行された[54]。

中川五郎治は送還された後に幕府の厳しい取調べを受けたが、種痘に関する尋問はなかったという。松前藩預かりとなり、下級武士に取り立てられた。先に述べたように、五郎治は抑留されている間にイルクーツクのロシア人医師のもとで働いており、種痘法を学んでいたという。それがどのような経緯で種痘を始めたのか分からないが、文政七年に現青森県在住の二人に種痘を行い、更に七人と二人、都合十一人に行っていることが分かっている。

この種痘の痘苗は如何なるものであったのか。北海道で最初に種痘を行った小貫康徳の報告では「牛痘ではない様である」という[55]。しかし、『白鳥雄蔵種痘之書』の付記「松前中川五郎治ヨリ伝授　白鳥雄蔵」の記載の大要から、牛痘苗の可能性が強いとの記録があり[56]、真偽を確かめることは難しい。

フイリップ・フランツ・フォン・シーボルトのこと

シーボルト生誕
200年記念切手

ドゥーフ帰国の同年、停滞していたオランダとの貿易は再開され、商館長にヤン・コック・ブロンホフが着任した。彼は積極的に牛痘種痘を導入しようと試み、文政四年（一八二一）以来、バタヴィア（現在のインドネシアの首都ジャカルタのオランダ植民地時代の名称）から運ばれた牛痘苗を用い種痘を試みたが、いずれも失敗に終わった。文政六年八月、バタヴィアから新任の商館長ヨハン・ウィレム・ド・ステュルレルと商館医のドイツ人シーボルトが着任した。彼も持参した痘苗を小児に接種したが、不成功であった。シーボルトはシーボルト事件により文政十一年十二月に幽閉され、翌年九月に追放されたが、在任中に鳴滝塾を創設し、楢林宗建をはじめ、日野鼎哉《ていさい》、伊東玄朴ら多くの蘭方医を育て、また西洋医学書の翻訳を奨め、わが国の医師、医学、医療などの基礎を築いたかけがえのない人物であった。

緒方洪庵は最も有名な蘭方医学者であるが、シーボルトの教えを直接に受けたことはなかった。しかし、鳴滝塾で学んだ門人らと親交があった中天游《なかてんゆう》や翻訳に秀でた宇田川玄信の門弟・坪井信堂《しんどう》に学んだ。これが後にフーフェラントの著者の重訳『扶氏経験遺訓』に繋がるのである。

クリストフ・ヴィルヘルム・フーフェラント（一七六二年八月十二日—一八三六年八月二十五日）は、ゲーテやシラーの主治医でもあり、種痘の普及にも大きな役割を果たした。医学者として名高く、*Die Kunst das Menschliche Leben zu verlängern*（『長寿術』）が有名であった。ベルリン大学の創設に寄与し、教授を務めた。後の著書 *Enchiridion Medicum oder Anleitung zur medizinischen Praxis*（『医学必携、臨床入門』第二版、一八三六年）は当時の必携書であった。その書はオランダのハーゲマンによりオランダ語の *Enchiridion medicum, Handleiding tot de Geneeskundige praktijk : erfmaking van eene Vijftigjarige ondervinding*（『医学必携、臨床医学の手引き』一八三八年）と訳され、さらに、『扶氏経験遺訓』全三十巻を天保十三年（一八四二）に重訳したのが緒方洪庵である。安政四年から文久二年（一八五七—一八六二）にかけて刊行され、江戸時代第一の翻訳本であった。

この書の皮膚病の項目には、総論、痘瘡、類痘、牛痘種法、変痘などが記載されている。それによると「牛痘種痘ハ輓近発明ノ諸件ニ就テ其世ニ鴻益アル事広大無辺ナル者ノ一ナリ、蓋シ痘ヲ預防スルニ道ア

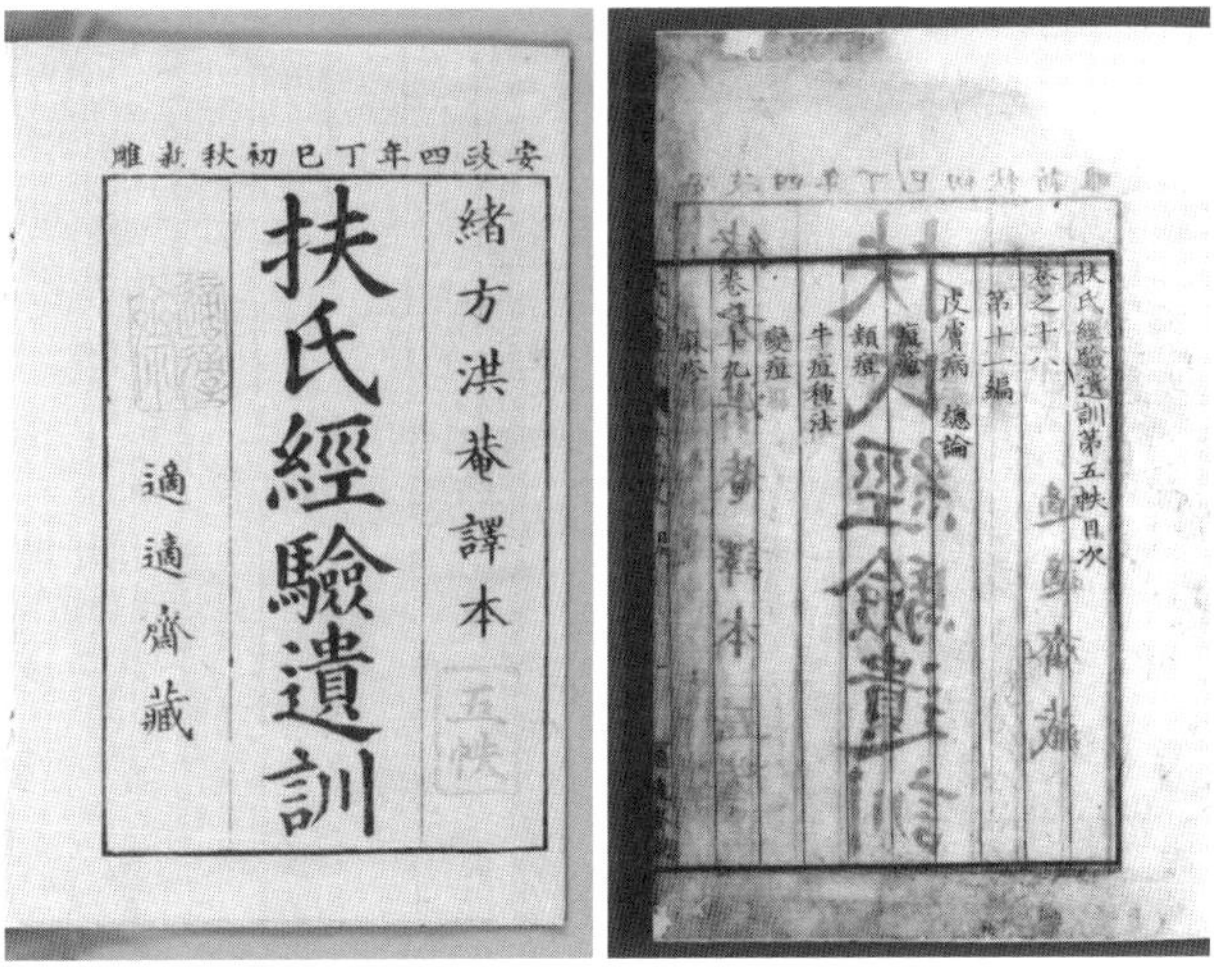

『扶氏経験遺訓』（東京大学医学部図書館所蔵）

フーフェラント

リ、一ハ其伝送ノ道ヲ遮止スルナリ、一ハ其感受ノ性ヲ滅却スルナリ」とある[57]（「 」内に読点を補った）。

かつて人痘種痘を支持していたフーフェラントが、ジェンナーの報告以降は、いささかの疑いもなく牛痘種痘を疱瘡予防の最良の方法としている[58]。

フーフェラントは、このようにドイツに於ける種痘普及に大きな役割を果たした。自らも小児期に疱瘡に罹患したものの、一命を取り留めており、医師として積極的に人痘接種を行っていた。ゲーテとの交友は病のために引退した父親のワイマールの診療所を受け継いだことによるもので、ゲーテの診療もここで行っていた[59]。

シーボルトに教えを受けた蘭方医らが、後に牛痘種痘の種痘所、除痘館を担うことになる。

先の佐賀藩医楢林宗建は牛痘苗を痘痂として取り寄せることをオランダの商館医オットー・モーニッケに依頼し、嘉永二年（一八四九）八月にバタヴィアの医務局長ボッシュからの痘痂、痘漿が到着した。モーニッケはこの痘痂を宋建の息子健三郎に、痘漿を通詞の二人の児に接種した。その結果、健三郎のみが善感（種

陣内松齢筆「閑叟公於御前世嗣子淳一郎君種痘之図」（佐賀県医療センター好生館所蔵）

痘が十分に接種された）した。このことは、痘苗を継代接種して増やし、多くの地域に送る伝苗法の始まりであった。伝苗法は長崎から急速に九州地方に拡がり、瞬く間に京都、大坂、福井、江戸、更に東北地方に伝えられた[60]。

楢林宗建は京都の医学塾有信堂に種痘所を開いたが、更に『牛痘小考』を著し、また『種法口訣』を自らの経験を踏まえた二十四項と、種痘針、痘苗、判定の図示も入れ詳述し、牛痘種痘法が広く行われることを念じていた[61]。

種痘所

福井には、京都で蘭学を学んだ笠原白翁（良策）がいた。嘉永二年（一八四九）、バタヴィアから長崎に痘苗が着いた報せを受け、長崎に向かう途次に立ち寄った京都の師、日野鼎哉が既に痘苗を得ていることを知り、京都に留まり師が開く牛痘種痘所の手助けをした。これが、同年十月十六日に開館した京都で初めての牛痘種痘所「白神除痘館」である。白翁はこの年十一月十九日、痘苗を持ち福井に帰るべく出発した。それからの白翁の苦労、特に二十三日の豪雪、雪崩の栃木峠越えの苦難は、白翁の日記『戦兢録[62]』

お玉ヶ池種痘所跡の碑
（一般社団法人千代田区観光協会提供）

古手町から移転した尼崎町（現・今橋３丁目）に残る除痘館跡の碑（船場倶楽部提供）

や吉村昭の『雪の花』[63]でも明らかにされている。大変な苦心の末にようやく十一月二十五日に福井に戻ることが出来た。種痘には、何よりも痘苗の確保、維持（子から子への継代）、牛痘種痘の接種への理解が重要なことであり、かつ大変なことであった。

大坂で医業を開いていた日野葛民と緒方洪庵が、日野鼎哉や笠原白翁の協力により痘苗をもらい受け、更に大和屋吉兵衛の助力を受け「適々斎塾（適塾）」の並びの大坂古手町（現在の大阪市中央区道修町）に除痘館を開いたのもこの年、嘉永二年十一月である。その後、葛民は除痘館の中心人物として大坂のみならず広く西日本各地に牛痘種痘法を普及させた。除痘館は安政五年（一八五八）、幕府から「官許」（第一号）を得ている[64]。日野葛民は豊後国速見郡徳野村、現在の大分県由布市湯布院に生まれた。日野鼎哉の弟である。

これより前、天保十一年（一八四〇）には、地方藩主の明察にも拘らず、売薬の看板に蘭字の使用を禁じ、蘭書翻訳書の流布を取り締まるなど、江戸幕府と役人、漢方医らの蘭方医に対する牛痘種痘法への警戒心は尋常なものではなかった。しかし、安政元年（一八五四）、日米和親条約（神奈川条約）が締結され、わが国は開国した。その後の漢方医の死去、蝦夷、東北諸藩の疱瘡大流行などにより、幕府も牛痘種痘法を認めざるを得なくなり、遂に安政五年五月、伊東玄朴らの嘆願に端を発し、後には八十三人の発起人が名を連ね、神田に「お玉ヶ池種痘所」が開設された。ジェンナーがフィップスの腕に牛痘種痘をしてから実に六十数年が経っていた。この種痘所は後に西洋医学所へと変わり、更に帝国大学、東京帝国大学、現在の東京大学へと変遷した。

明治・大正・昭和時代の種痘、植疱瘡

「種痘館規則」、新痘苗ボードウィン苗配布など種痘普及の努力にも拘らず、人びとの関心、接種率は低かった。[65] 明治八年（一八七五）の記録では、全国総人口に対する接種率は五パーセントであった。明治九年に「天然痘豫防規則」が発令された。この規則は八条からなり、種痘接種済証明書の発行と、接種を拒んだ者への罰則が織り込まれている。[66]

このボードウィン苗は、ポンペの後任として文久二年（一八六二）オランダから来日し、医学・眼科学、種痘などについて指導したアントニウス・フランシスク・ボードウィン（Anthonius Francois Bauduin）が明治三年の帰国後にわが国に送ってくれた新痘苗株のことで、嘉永二年（一八四九）のモーニッケ株に対しての呼称である。[67]

明治政府の種痘普及と疱瘡の流行阻止の努力にも拘らず、明治時代には三度の大流行（明治十八・二十五・三十年）を経験し、多くの死者を記録している。明治十八年から同二十年の三年間の罹患者数は十二

万五七三四人、死者数は三万一九四二人、死亡率二五・四パーセントであった。三菱高島炭鉱の所謂たこ部屋がクラスターとなった。

明治四十二年四月に「種痘法」を制定して接種を義務化し、種痘証、罰則規定、関連規定を強化して、漸く年間罹患者数が一〇〇〇〇人台になった。

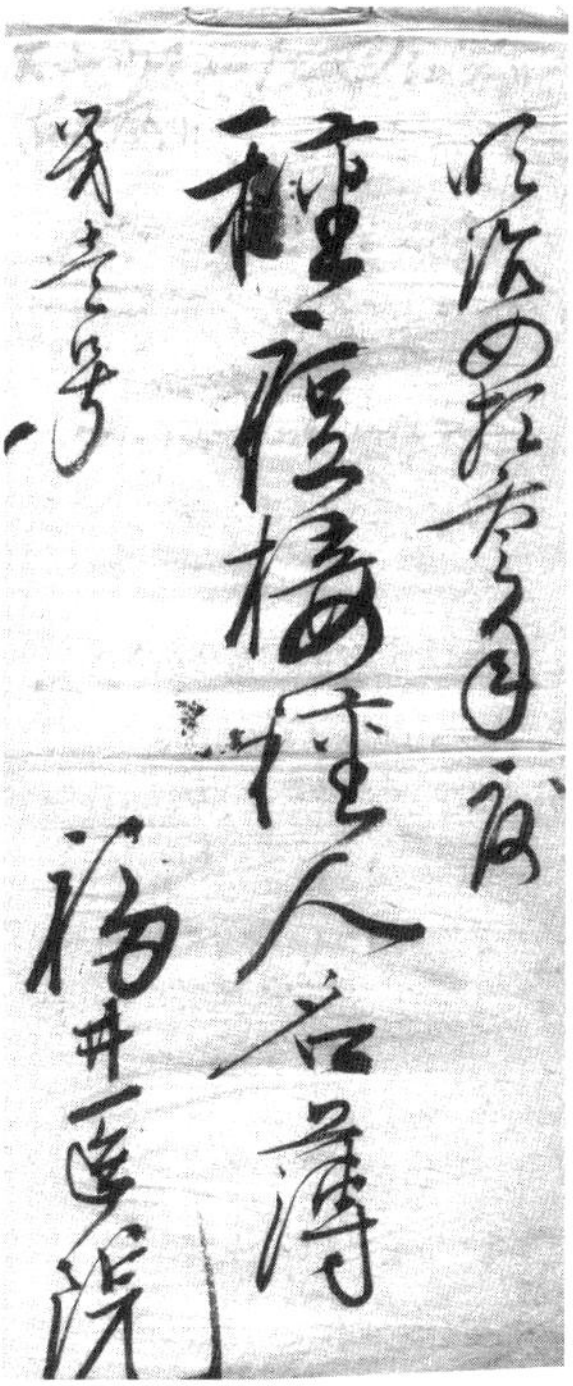

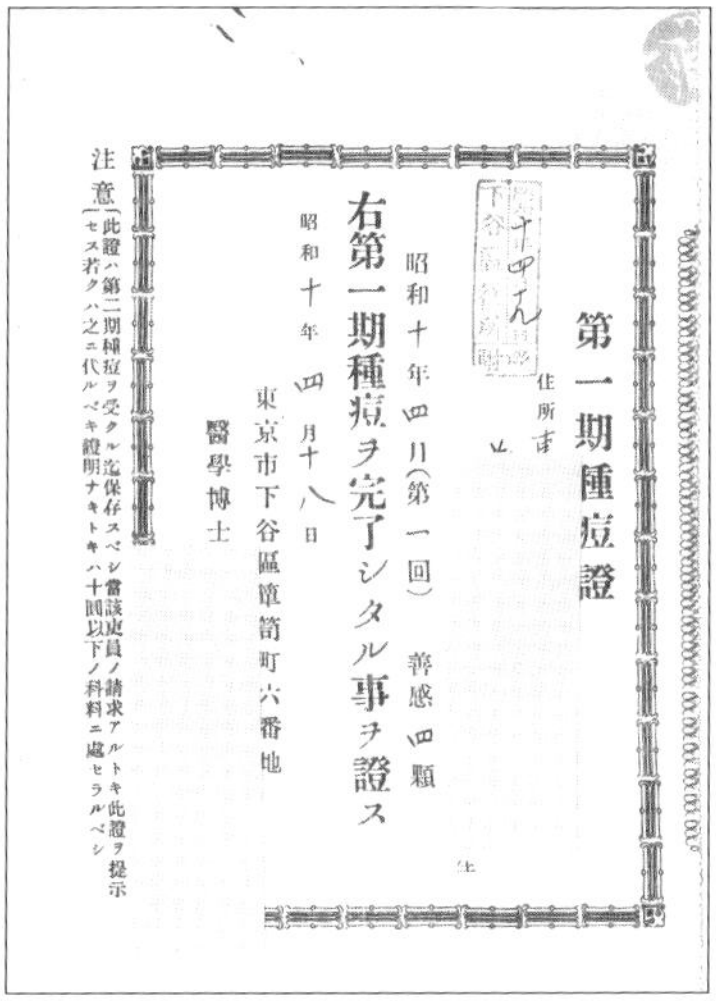
第一期種痘證

住所

昭和十年四月（第一回） 善感 四顆

右第一期種痘ヲ完了シタル事ヲ證ス

昭和十年四月十八日

東京市下谷區竹町六番地

醫學博士

注意 此證ハ第二期種痘ヲ受クル迄保存スベシ當該吏員ノ請求アルトキ此證ヲ提示セズ若クハ之ニ代ルベキ證明ナキトキハ十圓以下ノ科料ニ處セラルベシ

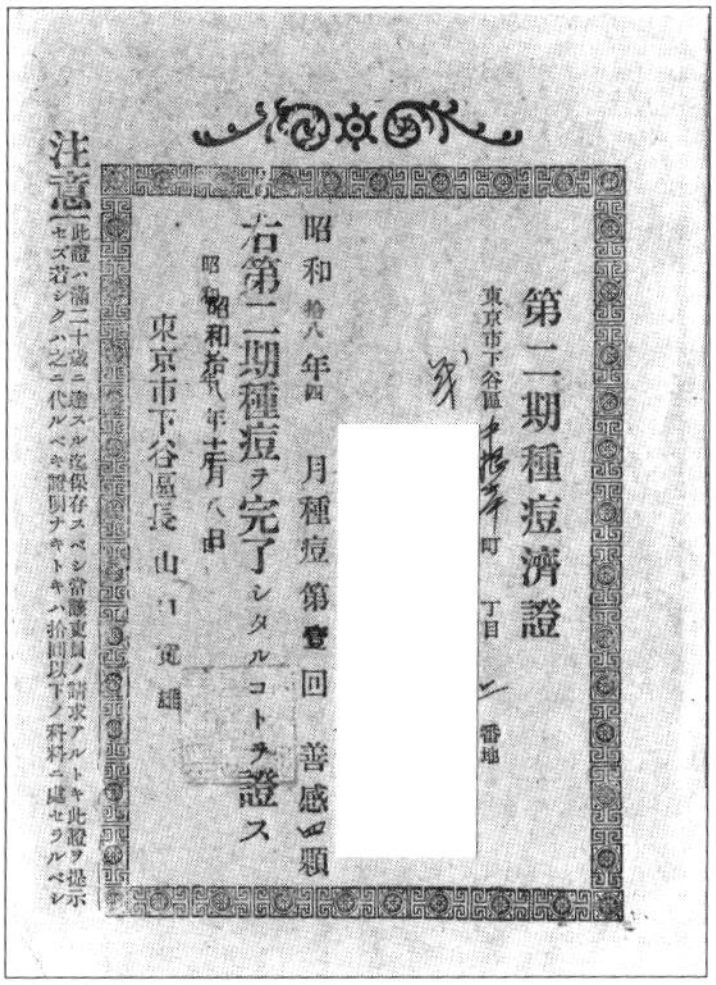
第二期種痘濟證

東京市下谷區 町 丁目 番地

昭和拾八年四月 種痘第壹回 善感四顆

右第二期種痘ヲ完了シタルコトヲ證ス

昭和拾八年五月八日

東京市下谷區長

注意 此證ハ滿二十歳ニ達スル迄保存スベシ當該吏員ノ請求アルトキ此證ヲ提示セズ若クハ之ニ代ルベキ證明ナキトキハ拾圓以下ノ科料ニ處セラルベシ

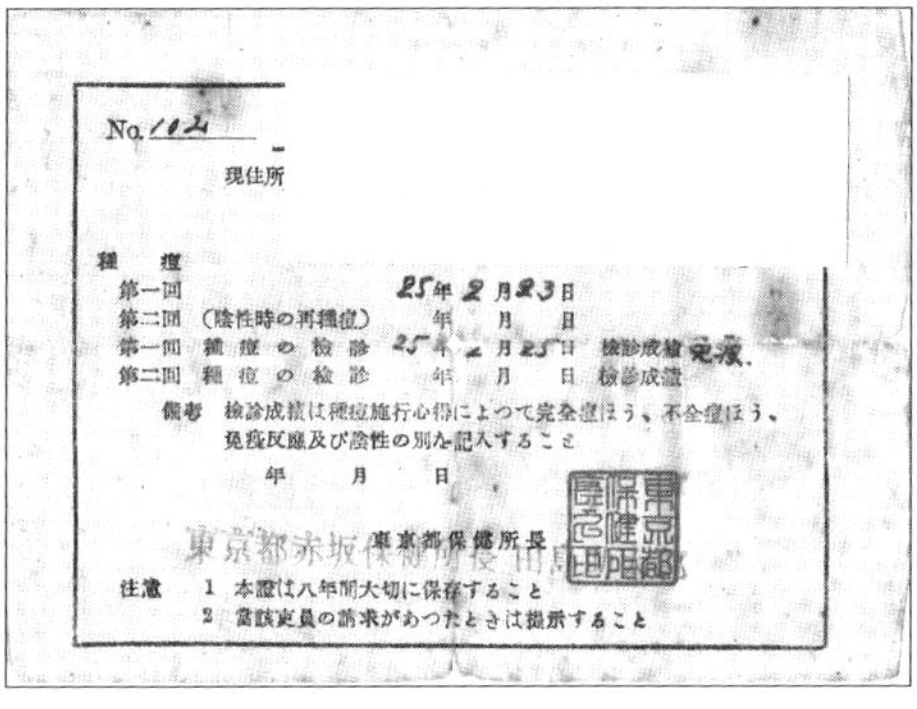
No.

現住所

種痘
第一回 25年2月23日
第二回（陰性時の再種痘） 年 月 日
第一回 種痘の検診 25年2月25日 検診成績 完全
第二回 種痘の検診 年 月 日 検診成績

備考 検診成績は種痘施行心得によつて完全痘ほう、不全痘ほう、免疫反応及び陰性の別を記入すること

年 月 日

東京都保健所長

注意 1 本證は八年間大切に保存すること
2 當該吏員の請求があつたときは提示すること

上から時計回りに、
福井医院の江戸末期頃からの種痘帳表紙、
種痘接種証（一期、二期）、
種痘済証（臨時）

大正・昭和時代の疱瘡の推移はどのようであったか。

大正八年（一九一九）の死者九三八人が最も多く、大正十五・昭和元年（一九二六）は死者一五八人、以降、昭和二十年まで年間一〇〇人を超す死者はなかったという。恐らく医師、行政、研究者らの苦労の結果であろう。それを裏付ける資料がある。

昭和十五年の厚生省人口局『衛生年報』によると、昭和十一年から同十五年の年間の第一種種痘の接種義務者の接種率は九〇パーセントに及び、特に昭和十五年は九一・四三パーセントの高率を示した。しかし、その後は第二次世界大戦の影響による衛生状態の悪化、多くの帰国者、接種医師不足、特に痘苗の不足により十分な対応が出来なかった[68]。敗戦の翌年、昭和二十一年の疱瘡大流行は、この影響によるものであろう。この年の疱瘡罹患者は一万七九五四人、死者は三〇二九人に上ったというが、手許に正確な資料がない。米軍占領直後で全てが思うようにならなかったのであろうか[69]。

昭和二十四年、占領軍総司令部の指令により全国民に対して臨時接種が行われ、証明書が交付された[70]。

焼跡の植疱瘡の列あはれ　　石田波郷

当時を彷彿とさせる句である。

この臨時接種以降、疱瘡の発生は漸減し、昭和三十一年以降、昭和四十八、四十九年の各一例の罹患者発生まで、罹患者は一人もなかった。

ゲノム時代の疱瘡ウイルスと疱瘡ワクチン

疱瘡は疱瘡ウイルスの感染により発症することは先に述べた。

かつて疱瘡ワクチンのウイルスはジェンナーの牛痘ウイルスと考えられていたが、二十世紀にウイルスの概念が確立し、疱瘡ワクチンに含まれるウイルスは牛痘ウイルスとは別のものであることが分かり、「ワクシニアウイルス」と命名された。ジェンナーは馬の蹄の病気が乳牛に牛痘をもたらし、更に乳搾りの人びとにうつったのではないかと考えていた。現在、この馬の蹄の病気は「グリース」と呼ばれ、馬痘ウイルスによる病変であることが分かっている。

これら、牛痘ウイルスとワクシニアウイルス、馬痘ウイルスと疱瘡ウイルスとの詳細が明らかになったのは、二十一世紀のゲノム時代になってからである。

二〇〇六年（平成十八）に馬痘ウイルスの全ての遺伝情報（ゲノムの解析結果）が報告され、ワクシニアウイルスと近縁であることが報告された[71]。また二〇一七年、ドイツのローベルト・コッホ研究所が、一九〇二年（明治三十五）に米国 Mulford（マルフォード社）で製造された疱瘡ワクチンのゲノムを解析し、馬痘ウイルスと九九・七パーセント同じであると報告している[72]。これらの結果から、馬のポックスウイルスが牛に感染し乳房炎を起こし、搾乳婦に感染し水疱疹を引き起こしたものと推測されている。また、ゲノム系統樹では、馬痘ウイルスと牛痘ウイルスは三二〇〇年前に共通の祖先ウイルスから別れたと推定されており、この祖先ウイルスはアフリカに生息する齧歯類が保有していると考えられている。疱瘡ウイルスも同じ齧歯類に由来するという[73]。

結局、ジェンナーの種痘ウイルスはワクシニアウイルス、馬の蹄の疾患は馬痘ウイルスで、ジェンナーはいずれも接種し有効であったと報告している。かつて、わが国で行われていた牛痘種痘はワクシニアウイルス、もしくは馬痘ウイルスだったのであろうか。疱瘡ウイルスの発見については手許に資料がなく詳細は分からない。

北里大学大村智記念研究所の中山哲夫特任教授によると、「現在備蓄されている種痘ワクチンは昭和五十年（一九七五）初期に製造承認されたリスター株を原株とした細胞培養痘瘡ワクチン LC16m8（ＰＲＫ細胞）である[74]」とのことである。

歴史学者ウイリアム・マクニールが著書 *Plagues and Peoples* で述べた The history of civilization was the history of epidemics は[75]、まさに事実であったが、疱瘡は終焉を迎え地球上から姿を消した。世界保健機関ＷＨＯは一九八〇年（昭和五十五）に天然痘根絶を宣言した。

疱瘡は何故、季語になれなかったのかを論ずるのに、いささか遠回りをした感があるが、主役の疱瘡という疫病がわが国のみならず如何に世界の人びとを翻弄してきたのか、その正体はどのようなものであったかを知って頂くためである。次章から、疱瘡に関わる文芸作品のごく一端に触れ、「何故」の結論を導きたい。

引用及び参考文献

（1）吉田真一・柳雄介・吉開泰信編『戸田新細菌学』南山堂、２０１３年、５６４・５６５頁
（2）高田賢蔵編『医科ウイルス学』南江堂、２０１１年、３１３－３１５頁他
（3）志賀潔『臨床細菌学　伝染病論』後編の「第二十八痘瘡又天然痘」南山堂、１９２１年、６０５－６１７頁
（4）ジェームス・ワトソン著、江上不二夫、中村桂子訳『二重らせん――ＤＮＡの構造を発見した科学者の記録』タイムライフインターナショナル、１９６９年
（5）N Hawkes, Smallpox Death in Britain Challenges Presumption of Laboratory Safety, ***Science*** 02 Mar, 1979, pp. 855-856
（6）山内一也『近代医学の先駆者――ハンターとジェンナー』岩波現代全書、２０１５年、１８３－１８５頁
（7）丸山茂徳・磯崎行雄『生命と地球の歴史』岩波新書、２０１７年、64・65、96－１０４、74－76頁
（8）山内一也『ウイルスと地球生命』岩波科学ライブラリー、２０１２年、33・34頁
（9）George Rice, Ling Tang,Kenneth Stedman+5 And Mark Young, The structure of a thermosphilic archaeal virus shows a double-stranded DNA viral capsid type that spans all domains of life, ***Proc. Natl. Acad. Sci,*** USA, 2004 May 18. 101(20), pp.7716-7720
（10）前掲『生命と地球の歴史』38頁
（11）前掲『ウイルスと地球生命』37・38頁
（12）羽田康一「ヨーロッパ」（高階秀爾・三浦篤編『西洋美術史ハンドブック』新書館、１９９８年所収）24・25頁
（13）次田眞幸『古事記（中）全訳注』講談社学術文庫、１９８０年、98頁
（14）「かしはらナビプラザ」談、「私信」、２０２２年
（15）前掲『ウイルスと地球生命』38頁
（16）Ariane Düx+20, Measles virus and rinderpest virus divergence dated to the sixth century BCE, ***Science*** 368 (6479), 2020, pp.1367-1370

(17) Samuel L.Katz, The History of Measles Virus and the Development and Utilization of Measles Virus Vaccines Stanley A. Plotkin Editor. ***History of Vaccine Development***, Springer 2011 New York, p.199

(18) Andrew Cliff, Peter Hagget & Matthew Smallman-Raynor Edit. ***Measles :An Historical Geography of Major Human Viral Disease From Global Expansion to Local Retreat, 1840-1990***, Blackwell 1933, pp. 52-53

(19) ***A Treatise on the Small-Pox and Measles***, Abú Becr Mohammed ibn Zacaríyá ar-Rází (commonly called Rhazes). translated from the original Arabic by William Alexander Greenhil, M.D. London Printed for the Sydenham Society MDCCCXI.VIII. 34p, Chapter Ⅲ, 1848, Digitized by Google

(20) 福井次矢・黒川潔監修『ハリソン内科学第５版』（第２巻）メディカル・サイエンス・インターナショナル、２０１７年、１３６頁

(21) 井上吉之助『麻疹、風疹及水痘』（弘田長監輯「日本小児科叢書第二十一篇」）吐鳳堂書店、１９１７年、１１６－１１７頁、39頁

(22) Koplik Henry, The diagnosis of the invasion of measles from a study of the exanthema as it appears on the buccal mucous membrane, ***Arch Pediatr***. 13, 1896, pp.918-22,

(23) 宇治谷孟『続日本紀（上）全現代語訳』講談社学術文庫、１９９６年、３５６－３５７頁

(24)「産経新聞」２０１６年10月６日「平城宮にペルシャ人の役人」

(25) 国立歴史民俗博物館編『古代日本　文字のある風景――金印から正倉院文書まで』朝日新聞社、２００２年、82・83頁

(26)『予防接種法』昭和23年６月30日、法律第68号

(27) Richard B. Kennedy, J.Michall Lane, Donald A. Henderson, Gregory Poland Variolation 1 Stanley A. Plotkin, Walten A. Orentstein, Paul A. Offit Editot, ***Vaccines*** Sixth Edition, Elsevier Saunders, 2013, pp.718-719

(28) Derrick Baxby, Edward Jenner's Role In the Introduction of Smallpox Vaccine, Editor Stanley A. Plotkin, ***History of Vaccine Development***, Springer 2011, p.14

（29）Artbur Allen, *Vaccine: The controversial story of medicine's greatest lifesaver,* W. W. Norton & Company 2007, pp.14-15

（30）北里大学大村智記念研究所特任教授・中山哲夫「私信」２０２０年

（31）富士川游著・松田道雄解説『日本疾病史』平凡社東洋文庫、１９６９年、１４８－１５６頁

（32）邵沛 Shao Pei「日中両国における人痘接種法の比較研究」（『日本医史学雑誌』第50巻第2号所収）２００４年、１８７－２２２頁

（33）アン・ジャネッタ著、廣川和花・木曾明子訳『種痘伝来――日本の〈開国〉と知の国際ネットワーク』岩波書店、２０１３年、12－15頁

（34）富田英壽『天然痘予防に挑んだ秋月藩医　緒方春朔』海鳥社、２０１０年、66－73頁他

（35）前掲『日本疾病史』１４０頁

（36）川村純一『病の克服――日本痘瘡史』思文閣出版、１９９９年、１１１・１１２、２０３・２０４頁

（37）Edward Huth, Quantitative evidence for judgments on the efficacy of inoculation for the prevention of smallpox: England and New England in the 1700s. *Journal of the Royal Society of Medicine,* 2006 May; 99(5). pp. 262-266

（38）前掲 Artbur Allen, op. cit., pp.36-45

（39）前掲『種痘伝来』16・17頁

（40）Ola Elizabeth Winslow, *A Destroying Angel: The Conquest of Smallpox in Colonial Boston,* Houghton Mifflin 1974, pp. 59-65

（41）Artbur Allen, op. cit., pp.46-69

（42）Edward Jenner (1749-1823), *The Three Original Publications on Vaccination Against Smallpox By Edward Jenner,* The Harvard Classics, 1909-14 1. An Inquiry Into the Causes and Effects of the Variolae Vaccinae, or Cow-Pox.1798 Cas.16, 17

（43）Derrick Baxby, op. cit., pp.13-19

（44）Artbur Allen, op. cit., p.49

(45) Edward Jenner (1749-1823), op. cit., 1909-14 1.
(46) 前掲『種痘伝来』27－28頁
(47) ゲーテ著、山崎章甫訳『詩と真実』(第一部) 岩波文庫、1997年、60－63頁
(48) 石原あえか『科学する詩人ゲーテ』慶應義塾大学出版会、2010年、74－75頁
(49) 前掲『日本疾病史』157頁
(50) 前掲『種痘伝来』64－67頁
(51) 士由處人撰・馬年、蘭卿校『美佐古鮓』加志和屋正六、1818年、早稲田大学図書館。後の句の一次史料は見つけられなかった。
(52) 前掲『種痘伝来』79頁、註40
(53) 村山七郎「遁花秘訣原書の和訳(1・2)」『順天堂医事雑誌』11巻4号、97－103頁、12巻1号、102－107頁、順天堂医学会、1996年
(54) 馬場貞由訳、利光瓊校『魯西亜牛痘全書』上・下、早稲田大学図書館、浅草茅町(江戸)須原屋伊八、1855年
(55) 松本明知「本邦牛痘種痘法の鼻祖中川五郎次研究の歩み(上)」「(1) 江戸時代から(5) 昭和時代まで」「同(下)(6) 平成時代」『日本医史学雑誌』第53巻第2号、194－198頁、第53巻第3号、423－440頁、2007年
(56) 松本明・松本明知『津軽の医史』津軽書房、1971年、41頁
(57) 緒方洪庵『扶氏経験遺訓全三十巻』の巻十八第十一篇巻之十九27頁、1857年、東京大学医学図書館デジタル史料室
(58) 前掲『種痘伝来』143頁
(59) 前掲『科学する詩人ゲーテ』81－84頁
(60) 前掲『種痘伝来』147・148・154－160頁

(61) 和山楢林宗建『牛痘小考』、1849年、序、国立国会図書館デジタルコレクション
(62) 笠原白翁筆『戦兢録』五巻、福井市立郷土歴史博物館史料叢書六、福井市立郷土歴史博物館刊、1989年
（嘉永2年9月15日から同6年6月間の後半は、一部断片的日記）
(63) 吉村昭『雪の花』新潮文庫、1988年
(64) 緒方洪庵記念財団除痘館記念資料室『緒方洪庵の「除痘館記録」を読み解く』思文閣出版、2015年、34・191頁
(65)『内務省衛生局雑誌』第一誌第一・五号、1876年、国立国会図書館デジタルコレクション、コマ番号1—101
(66) 草野肇編『官民必携規則提要』江島伊兵衛、1880年、国立国会図書館デジタルコレクション、コマ番号29・30
(67) 前掲『病の克服——日本痘瘡史』254—255頁
(68) 厚生省人口局編『衛生年報　昭和十五年』厚生省人口局、1945年、226—230頁
(69) 田中誠二・杉田聡・丸井英二「昭和21年の天然痘流行と対策に関する考察」『日本医史学雑誌』第60巻第3号、2014年、247—256頁
(70) 前掲『病いの克服——日本痘瘡史』69頁（厚生省『衛生年報』によると記載）
(71) Tulman E.R. et al., Genome of Horsepox Virus, *J.Virol.* 80, 2006, pp.9244-9258
(72) Livia Schrick et al., An Early American Smallpox Vaccine Based on Horsepox, *The New England Journal Medicine*, 2017, pp.377, 1491-1492
(73) 北里大学大村智記念研究所特任教授・中山哲夫「私信」2020年
(74) 前掲、中山哲夫「私信」2017年
(75) ウイリアム・H・マクニール著、佐々木昭夫訳『疾病と世界史』（上・下）中公文庫、2009年

疱瘡と文芸作品

文芸作品に書かれた疱瘡

疱瘡、種痘・植疱瘡は欧米のみならずわが国の多くの文芸作品にも書かれている。手許にあるその一、二を紹介しておきたい。

一勇斎国芳画「為朝と疱瘡神」（東京都立中央図書館所蔵）

『椿説弓張月』

疱瘡について古来、有名なのは、曲亭馬琴の鎮西八郎為朝外伝『椿説弓張月《ちんせつゆみはりづき》』であろう。文化四年（一八〇七）から同八年にかけて刊行された。馬琴の創作による、為朝の勧善懲悪の物語である。巻之二、第十九回「為朝の武威痘鬼をしりぞく　忠重罪せられて十の指を失ふ」のくだりに延々とその有り様が述べられている。痘鬼は「もがさのかみ」と仮名が振ってあるが、悪い疱瘡神であろう(1)。

ジェンナーの報告は寛政十年（一七九八）のこと。ロシアが利尻島に侵入、中川五郎治を拉致したのが『椿説弓張月』刊行の年でもある。人痘種痘、隔離は試みられていたが、疱瘡への対応はままならず、人びとにとって疱瘡はまだまだ恐ろしい存

九

主人《しゆじん》は痘痕面《あばたづら》である。御維新前《ごゐつしんまへ》はあばたも大分流行《だいぶはや》つたものださうだが日英同盟《にちえいどうめい》の今日《こんにち》から見《み》ると、斯《こ》んな顏《かほ》は聊《いさゝ》か時候後《じこうおく》れの感《かん》がある。あばたの衰退《すゐたい》は人口《じんこう》の增殖《ぞうしよく》と反比例《はんぴれい》して近《ちか》き將來《しやうらい》には全《まつた》く其迹《そのあと》を絶《た》つに至《いた》るだらうとは醫學上《いがくじやう》の統計《とうけい》から精密《せいみつ》に割《わ》り出《だ》されたる結論《けつろん》であつて、吾輩《わがはい》の如《ごと》き猫《ねこ》と雖《いへど》も毫《がう》も疑《うたがひ》を挾《さしはさ》む餘地《よち》のない程《ほど》の名論《めいろん》である。現今地球上《げんこんちきうじやう》にあばたつ面《つら》を有《いう》して生息《せいそく》して居《ゐ》る人間《にんげん》は何人位《なんにんぐらゐ》あるか知《し》らんが、吾輩《わがはい》が交際《かうさい》の區域內《くゐきない》に於《おい》て打算《ださん》して見《み》ると、猫《ねこ》には一匹《ぴき》もない。人間《にんげん》にはたつた一人《ひとり》ある。而《しか》して其一人《そのひとり》が卽《すなは》ち主人《しゆじん》である。甚《はなは》だ氣《き》の毒《どく》である。

吾輩《わがはい》は主人《しゆじん》の顏《かほ》を見《み》る度《たび》に考《かんが》へる。まあ何《なん》の因果《いんぐわ》でこんな妙《めう》な顏《かほ》をして臆面《おくめん》なく二十世紀《せいき》の空氣《くうき》を呼吸《こきふ》して居《ゐ》るのだらう。昔《むかし》なら少《すこ》しは幅《はゞ》も利《き》いたか知《し》らんが、あらゆるあばたが二《に》の腕《うで》へ立《た》ち退《の》きを命《めい》ぜられた昨今《さくこん》、依然《いぜん》として鼻《はな》の頭《あたま》や頰《ほゝ》の上《うへ》へ陣取《ぢんど》つて頑《ぐわん》として動《うご》かないのは自慢《じまん》にならんのみか、却《かへ》つてあばたの體面《たいめん》に關《くわん》する譯《わけ》だ。出來《でき》る事《こと》なら今《いま》のうち取《と》り拂《はら》つたらよささうな

413

夏目漱石の肖像（上）と、『吾輩は猫である』本文の冒頭（国立国会図書館所蔵）

在であった。

夏目漱石と疱瘡

『吾輩は猫である』の「主人は痘痕面である」で始まる章に、「尤も主人は此功徳を施す為に顔一面に疱瘡を植ゑ附けたのではない。是でも実は種ゑ疱瘡をしたのである。不幸にして腕に種ゑたと思ったのが、いつの間にか顔へ伝染して居たのである」(2) とある。後に、自らの写真を撮影する折の顔の位置如何の噂もあるが、漱石が痘瘡痕をかなり気にしていた様子がうかがえる。

また、『道草』には、「彼は其処で疱瘡をした。大きくなって聞くと、種痘が元で、本疱瘡を誘ひ出したのだ」のくだりもある。(3)

漱石が生まれたのは旧暦慶応三年（一八六七）一月五日、新暦の二月九日に当たる。明治三年（一八七〇）、三歳の頃に種痘を受けていたらしい。丁度、同年三月に「大学東校種痘館規則」が出され、更に、明治七年十月三十日に「種痘規則」が明文化されている。

この植疱瘡《うえぼうそう》なる語はいつ頃、誰が呼称したのか分からない。牛痘種痘が一般化されてからであろうか。明治時代に多くの文豪が愛した大槻文彦の『言海』では、種痘は「しゅとう（名）種痘　ウヱバウサウ」と半行あるのみで、一方、植疱瘡は、「うゑばうさう（名）植疱瘡　軽症ノ疱瘡ノ膿痂ヲ取リテ、人ノ体ニ植ヱ移スコト、因テ天然ノ悪痘ヲ防グ。種痘　今ハ、専ラ、牛ニ移シテ、再ビ移ス、最モ軽シ、牛痘ギウトウトイフ。牛痘」とあり、[4] 種痘よりも植疱瘡に重きをなしている感がある。

種痘と植疱瘡のくだりは大正五年（一九一六）に発表された岡本綺堂の『河豚太鼓』にも、「今じゃ種痘と云いますが、江戸時代から明治の初年まではみんな植疱瘡と云っていました[5]」とある。

神田お玉ヶ池に種痘所が開かれたのは安政五年（一八五八）五月である。

かつては種痘よりも植疱瘡の方が一般的であったようだが、そのいわれは分からない。綺堂の文中に絵草紙屋の錦絵に描かれている「疱瘡神」が出てくるが、これは、疱瘡を擬神化した疫病神である。このように疱瘡は種痘・植疱瘡と共に庶民に身近な存在であった。

一方のはしかにまつわる文芸書としては、式亭三馬の『麻疹戯言《ぎげん》』が思い出される。滑稽本で、はしかに罹るとただ寝てばかりで、薬効を期待する様が書かれている。[6] 出版された享和三年（一八〇三）は、はしかが大流行し、多くの人が亡くなった。[7]

次項以降では芭蕉ら江戸時代に詠まれた疱瘡の句と疱瘡に関わりがある句、はしかの句について述べたい。

疱瘡の句（季語の季節順に記載した）

柴田宵曲《しょうきょく》『俳諧随筆　蕉門の人々』によると「芭蕉の遺語として伝えられたものを見ると、曲翠が『発句を取りあつめ、集作るといへる、此道の執心なるべきや』と尋ねたのに対し『これ卑しき心より我上手なるをしられんと我をわすれたる名聞より出る事也。集とは其風体の句々をえらび我風体と云ことをしらするまで也。我俳諧撰集の心なし』と答えている」(8)。このように、蕉風以前の江戸前期の俳諧流派である貞門・談林時代以来、俳諧の多くの先達は一家の発句を集録することは稀であった。古人の句を編纂するようになったのは享保（一七一六―三六年）以後で、漸《ようや》く多くの句集が編まれた。更に後、文化・文政（一八〇四―三〇年）になると無名小家に至る沢山の句集が残された(9)。文化・文政時代は武士、庶民などの身分の区分が希薄になり、町人文化が盛んになった時代である。俳諧もその一つである。

　それらの多くの句集全てを網羅し、疱瘡、はしかの句を選び出すことは困難で、ここにはその句集の一部を選択したに過ぎない。この程度で本題の結論を導き出せるのか覚束《おぼつか》ないが、およその傾向は摑み得たと思っている。句の引用に際して重要視したのは出典で、句の下に明記した。

梅が香や小家の奥の疱瘡病　森川許六《きょりく》　許六自筆遺稿「旅館日記」(10)

梅の花つぼむや疱瘡のうみ過ごし　森川許六　「玉まつり」(11)

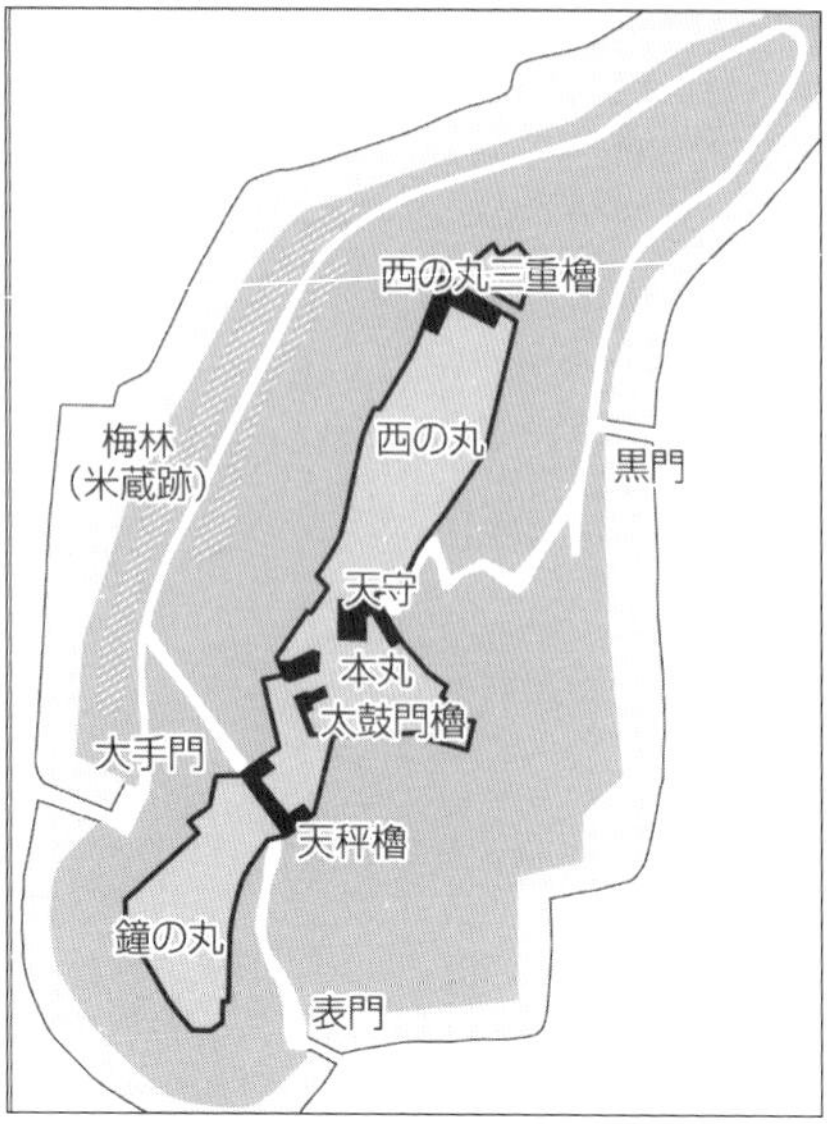

彦根城の梅林の位置図。斜線部分が梅林（彦根城の案内図および『歴史街道　名城を歩く彦根城』2をもとに作成）

俳文集『風俗文選《もんぜん》』の「作者列伝」には、選者許六について自らを以下のように書いている。

「撰者許六者。江州《ごうしゅう》亀城之武士也。名百仲《ももなか》。字羽官。森川氏。号五老井《ごろうせい》。別号菊阿佛。一見蕉翁。得正風躰實。血脈道統之門人也。常友李由《りゆう》撰俳書数編」(12)

許六は明暦二年（一六五六）十月一日生。正徳五年（一七一五）九月二十三日没。近江蕉門に学び、元禄四年（一六九一）江戸で宝井其角《きかく》、服部嵐雪の指導を受け、翌年八月、深川の芭蕉に入門した。六芸に通じる才人として許六の号を授けられたという。(13)

国宝彦根城大手門には数百本の梅林があるが、許六が詠んだ頃はこの地に琵琶湖からの水運による米蔵があったという。『風俗文選』の李由の「湖水賦」には、近江の歴史、地理、神社仏閣、名産、薬に至るまで細かく書いてあるが、梅についての記述はない。(14)しかし、巻之三に許六は「百花譜」を挙げ、「梅の風骨たる事。水陸草木の中に似たる物あらじ。十月一陽の気に。燦々たる江南の玉姫。まづえめるより」(15)と続けている。(16–18)

疱瘡のさんだらぼしへ蛙哉　小林一茶　『七番日記』

文化十年癸酉（一八一三）、五十一歳『七番日記』の句で、江戸、下総など漂泊三十余年をへて郷里に帰住した頃に詠んでいる。

さんだらぼしは桟俵《さんだわら》のことで、米俵の両端に当てる藁で編んだ円形の蓋である。水に流すと段々水を吸い沈んでいく。赤い御幣を立て、赤飯などの供物、笹湯の儀式で使った物などを載せて川へ流し、疱瘡が治ったことを祝った。そのさんだらぼしに蛙が乗り、共に流れて行く光景を詠んでいる。

帰郷した一茶は翌年、二十八歳の若妻を迎え、三男、一女をもうけたが、不幸にも次々に夭折した。とりわけ最愛の長女さとの疱瘡による死は悲嘆の極みであった。

露の世は露の世ながらさりながら　小林一茶　『おらが春』

明月や膳に這いよる子があれば　小林一茶　『八番日記』

前の句、『おらが春』の「露の世」には「さん俵法師といふを作りて、笹湯浴びせ真似かたして、神は送り出したれど、益々よわりて、きのふよりけふは頼み少なく、終に六月廿一日の蕣《あさがお》の花と共に、此の世をしぼみぬ」とある（蕣の花は木槿《むくげ》。古くは朝顔《あさがお》といった）。『おらが春』は、一茶卒後二十五年の嘉永五年（一八五二）、自家本として刊行された。(19)

後の句は文政前期の『八番日記』にあるという。(20)

この句の別案に、

明月や膝を枕の子があれば　小林一茶　『八番日記』

秋風やむしりたがりし赤い花　小林一茶　『おらが春』

がある。(21)いずれも一茶の亡き我が子さとへの愛、命の儚さ、忘れ難い悲しみが伝わってくる。

出がはりは疱瘡ぐしまであはれ也　　河野李由　「記念題」(22)（『篇突』）

出替りは、江戸時代から昭和の初め頃まで行われていた女中、乳母、下男などの短期奉公を、決められた期間を終えて入れ替わることである。江戸時代には幕府の命令で奉公人が一年または半年の年季を終えて陰暦の二月と八月に入れ替わったが、寛文八年（一六六八）より三月五日、九月五日に改められた。そのためか出替り、出代りは春の季語である。(23)ぐしは愚姉、自分の姉の謙称か。

李由は寛文二年近江の生まれ、浄土真宗彦根光明遍照寺（明照寺）十四世住職である。元禄四年（一六九一年）五月一日（新暦では五月二十八日。以下、日付の後のカッコ内はすべて新暦）落柿舎《らくししゃ》で『嵯峨日記』を執筆中の芭蕉を訪ね入門した。許六と共に『韻塞《いんふたぎ》』（元禄九年）、『篇突《へんつき》』（元禄十一年）、『宇陀の法師』（元禄十五年）などを編んだという。宝永二年（一七〇五）六月二十二日（八月十一日没）。享年四十四。(24)

疱瘡の跡まだ見ゆる花見哉　　傘下　『曠野集《あらの》』巻之一の五「花三十句」

傘下は山本苛《か》（荷）兮《けい》一派に属する尾張蕉門の中心人物であったという。加藤氏。名古屋生まれの医師。生没年不詳。(25)『曠野集』は山本苛兮編、元禄二年（一六八九）刊、巻之一から八まで、及び員外からなる。芭蕉をはじめ発句七三五句、歌仙十巻を収めている。俳諧七部集の『曠羅野《あらの》』三冊の内の一冊。

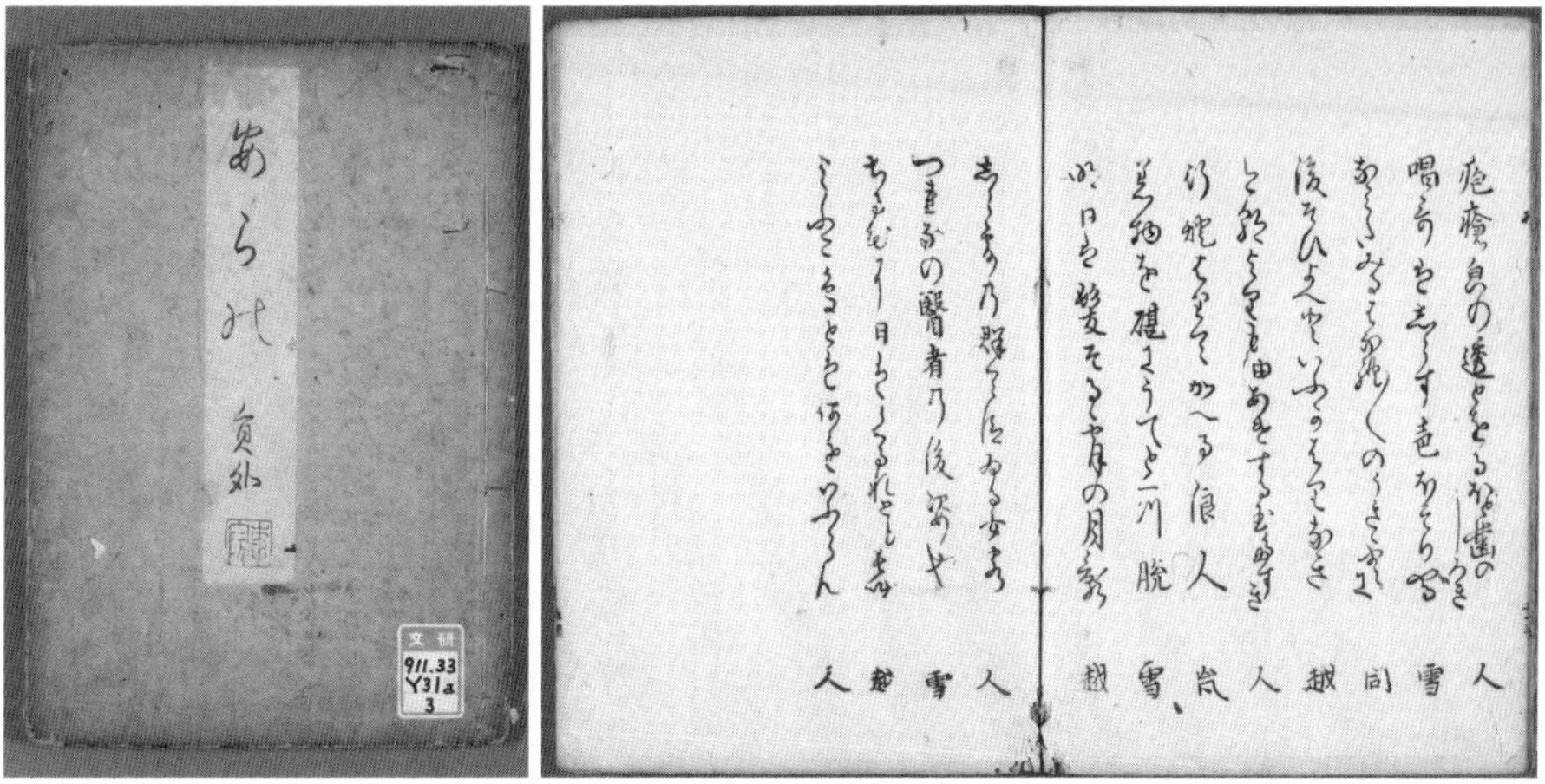

『あらの』員外（早稲田大学図書館所蔵）

この年の三月二十七日（五月十六日）、芭蕉は門人曾良を伴い奥の細道の旅に出た。

『あらの』員外二十五「歳旦　歌仙」の「われもらし　野水《やすい》」には、

疱瘡皃《いものかほ》の透きとほるほど歯のしろき　人

（越人・越智十蔵のことと思われる）

の句がある。[26]

庶民が花見をするようになったのは元禄時代頃からと言われている。「城下へ出てみると疱瘡痕はあるものの、透き通るほど歯の白い女にあった。さすがにお城下だ」の意。

既に述べたが、「いも」は疱瘡のことである。『日葡辞書』にも載っているように、疱瘡に罹患すると疱瘡痕により疱瘡面になることは、一般の人びとにも知られていた。

疱瘡のあとは遙かに幟哉　宝井其角

「出典不明の分」（『五元集』[27・28]）

其角が芭蕉の門下に入ったのは延宝二年（一六七四）、十四歳の時という。芭蕉は三十一歳であった。其角の句は解釈が難しいことで知られているが、その一因として「うつろいやすい人事を句材とし、また、対象が時代を隔て分からなくなる事柄」故かともされている。[29]

其角は寛文元年（一六六一）生まれ、宝永四年（一七〇七）没、享年四十七であった。

この幟はどのようなものだったのであろうか。古来、井伊の「赤備え」のように、兜、鎧、幟の真紅は敵に恐れられたというが、「赤い物を使えば疱瘡軽し」の俗信があり、[30]災厄を防ぐとされていた赤い色の幟を立てていたのであろうか。

当時、疱瘡の流行は地域病とされていた。十六世紀には中国の人痘種痘が盛んに行われ、多くの医家がこの手法を持って長崎に来たが、わが国では広く行われることはなかった。

疱瘡の薬が啼くやほとゝぎす　　桃後　　『藁人形』[31]（きれぎれ）

桃後は江戸時代中期の俳人、三河新城の人。太田白雪の次男、孝和の俳号である。元禄四年（一六九一）十月下旬（九月二十六日）、芭蕉は奥の細道の旅の後に滞在していた膳所《ぜぜ》義仲寺無名庵を後に、人生の最後の旅となった東下の旅に出た。[32]この折に三河新城の門人、白雪宅に滞在し、十四歳の長兄重英に桃先、十一歳の次兄孝和に桃後の俳号を与えたという。[33]享保五年三月二十二日（二十三日）没。

古い俗信に「杜鵑の初音を芋畑で聞けば幸いあり」があるが、これは『故事俗信ことわざ大事典』に「天然痘の古名をいもといい、また、ホトトギスの黒焼きを天然痘の薬に用いることがあるところからこじつけたものか」とあり、[34]桃後の句は、このこじつけを詠んだものと思われる。

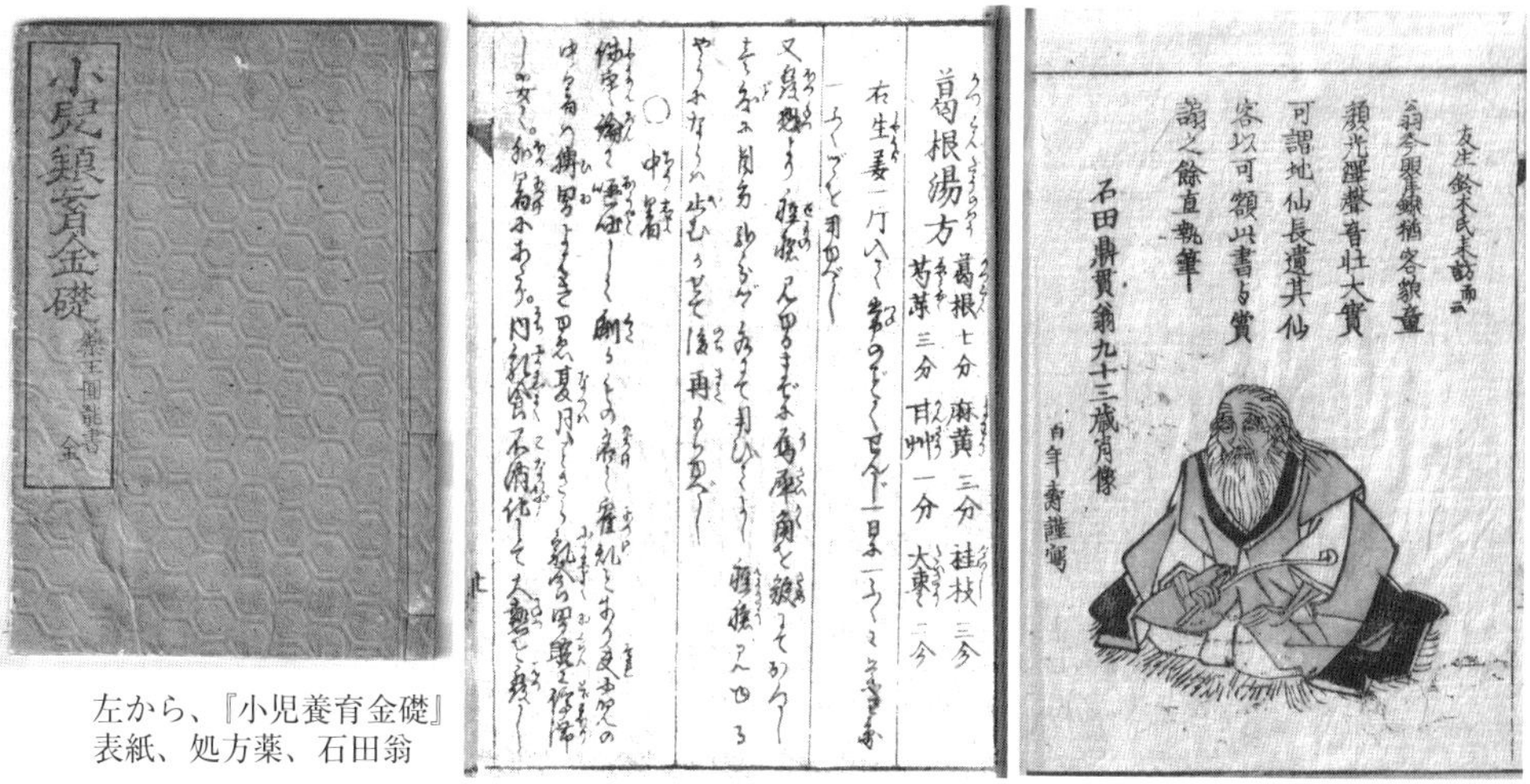

左から、『小児養育金礎』
表紙、処方薬、石田翁

疱瘡にどのような薬が処方されていたのか、手許にある一つを挙げておく。

文化十年の潜龍陳人（石田鼎貫）『小児養育金礎　薬王円能書』には「葛根湯方　葛根七分、麻黄三分、桂枝三分、芍薬三分、甘草一分、大棗《たいそう》二分　これに生姜一片いれ常のごとくせんじ一日一ふく用いる」「あやまちなく全快するなり」とある。(35) ここには、ホトトギスの黒焼きはない。

疱瘡《いもい》する児《ちご》も見えけり麦の秋　　内藤浪化《ろうか》

「初蟬・後れ馳・句集」『有磯海』(36・37)

浪化は寛文十一年（一六七一）十二月十七日（一月十六日）京都で生まれ、元禄十六年（一七〇三）十月九日（十一月十七日）に没した。享年三十一。七歳で越中井波の瑞泉寺の住職であった。元禄七年五月、向井去来の紹介で京嵯峨野の落柿舎で最晩年の芭蕉に入門、俳諧を学んだという。翌八年に去来の後援を得て『有磯海《ありそうみ》』、『となみ山』、『浪化集』を撰し、その後も『続有磯海』、『そこの花』などの撰句集を刊行した。(38) 芭蕉はこの年の十月に没している。

麦の秋は、麦が実り穫り入れの時期から、夏の季語である。麦秋の地は京近郊か越中辺りか。当時、疱瘡は季節を限らず、各地域で流行する子供の疫病であった。桂洲甫の『病名彙解』が出版され、疱瘡、痘瘡、もがさなどの名がまとめられたのも、この頃である。

はつ雪や乞食疱瘡《いも》する菰《こも》の下　　直江木導　　『鯰橋』[39]

木導の句の特徴の一つは「にほひ」と言われているように、不快な臭気までを詠んでいる。

出がはりやわきがの薬和中散　　直江木導　　『水の音』[40]

も、その一つである。

木導は寛文六年（一六六六）出生。彦根藩士で芭蕉の晩年、元禄五年から七年の間入門し、許六と共に句作に励んだという。[41] 世に遺した句稿は『蕉門珍書百種』第十一篇として刊行された『水の音』で、発句三五九句が収められている。[42] 最も有名なのが、

春風や麦の中行く水の音

という。享保八年（一七二三）没。[43]

和中散は、徳川家康が腹痛を起こした時に献じられたこの薬を服用したところ早々に治まったことから、家康により名付けられたという。枇杷葉、桂枝、辰砂《しんしゃ》、木香、甘草などで調合された散薬。この薬の本舗は近江国栗太《くりた》郡梅木村、現在の滋賀県栗東《りっとう》市六地蔵にあり、建物が県の史跡として残っている。[44]

疱瘡ウイルスは飛沫、接触などによりヒトにのみ感染する。勿論、感染にヒト、職種を選ぶことはなく、また季節性はない。

灯ちらちら疱瘡小家の雪吹哉　　小林一茶

『寛政句帖』

一茶は、宝暦十三年（一七六三）五月五日、信濃国柏原、現在の長野県上水内《かみみのち》郡信濃町柏原で自作農の長男として生まれた。三歳の頃に母と死別、田畑の持高の減少、生活の困窮、八歳の時に迎えた継母、弟への反感、十四歳時の最愛の祖母の死により、江戸に奉公に出されたが、出稼ぎ人の悲哀に辛酸をなめた日々であった。このような中で、俳諧への道を歩み始めたのである。

上：旧和中散本舗（栗東市観光協会提供）
左：古田山疱瘡所跡にある一茶の句碑（大村市教育委員会提供）

寛政四年（一七九二）三月、三十歳の折に江戸を発ち西国行脚、京、大坂、四国、九州を回る旅に出る。寛政五年の新春は八代で迎え、寛政六年に四国

ルーズベルト島に歴史資料として保存されている現在の施設（右）と、この施設の前に展示されている当時の隔離施設の写真（中村英雄氏提供）

遍歴などに行っている。[45] 先の句は寛政六年甲寅、三十二歳の句。長崎郊外に設けられた大村藩の疱瘡罹患者隔離施設を詠んでいる。[46] この当時の隔離施設は、疱瘡罹患者をただ隔離し遺棄するような施設であった。種痘接種者を隔離した「種痘山」に転用されたのは、文政十三年（一八三〇）頃である。

疱瘡に対する隔離施設はわが国だけのことではない。アメリカ合衆国ニューヨーク市イーストリバーの当時ブラックウェル島（現在のルーズベルト島）に隔離施設があった。一八五六年（安政三）に本館が完成し開院した。開院時には一〇〇床の病床があり、年間七〇〇〇人の罹患者が収容され、約四五〇人が亡くなったという。同じ時期に同島には精神科病院、刑務所などがあり、当時の米国の医療政策からも考えられない程の多くの問題があった。[47]

ジェンナーの一七九八年の研究報告は、同年には大西洋を渡り、ニューファンドランドの友人ジョン・クリンチに牛痘漿一式と共に送られている。更に、ボストンの医師ベンジャミン・ウォーターハウスにも同様に送られており、彼は一八〇〇年、六人に牛痘種痘を行っている。[48] 一八五五年には、マサチューセ

上方のいろはかるた（武井武雄著『上方いろはかるた』小学館より）

ッツ州が種痘義務化を行い、続いてニューヨークやフィラデルフィアでも接種が行われた(49)。当時、疱瘡は大流行しており、ブラックウェル島の隔離施設はまだまだ必要であった。

疱瘡《いも》したる顔をならべてかるた哉　　松井汶村《ぶんそん》
『正風彦根躰《しょうふうひこねぶり》』(50・51)

江戸時代、特に後期は、かるたの全盛期だった。上方の「いろはかるた」もその一つで、「天明年間（一七八一－一七八九）ごろに成立した」という(52)。疱瘡がはやり、疱瘡痕が認められる子供が何人もいるのであろう。無事に快癒し、新年を迎えられた喜ばしい句である。致死率が低い、比較的軽い経過の小痘瘡ウイルスの流行だったのであろう。

『風俗文選』の「作者列伝」及び『蕉門名家句集』の「作者小伝」によれば、汶村は江戸時代前中期の俳人、生年不詳、正徳四年（一七一二）没。彦根藩士、亀城の武士で、蕉門の達士という。五老井森川許六に学び、また、書図も五老井を師とした、とある。五老井は許六の号である(53・54)。

次に、疱瘡神の句を挙げる。

疱瘡神の句

月に名を包みかねてや疱瘡《いも》の神　　芭蕉　　「芭蕉翁月一夜十五句」

原句は、

木の目峠いもの神也と札有
月に名をつゝミ兼てやいもの神

芭蕉は元禄二年（一六八九）三月二十七日（五月十六日）に、曾良を供にして千住を発った。この道中を旅の後にまとめ、没後の元禄十五年に京都井筒屋庄兵衛が出版したのが俳諧紀行『おくのほそ道』である。約五か月半、同年八月下旬（十月初旬）。八月二十一日の説もあるが[55]、八月二十八日に赤坂で句を詠んでいるので、少なくとも八月二十八日には到着していた）に大垣で終わる。供をしてきた曾良は腹痛のために温泉のある山中で、伊勢の知人を訪ねるべく別れた。「曾良は腹を病て、伊勢の国長島と云所にゆかりあれば、先立て行に……」と書かれている[56]。芭蕉はその後、全昌寺・汐越の松、天龍寺・永平寺を経て、元禄二年八月十四、十五日（九月二十八、二十九日）に敦賀に至る。

（敦賀）「漸　白根が嶽かくれて、比那が嵩あらはる。あさむづの橋をわたりて、玉江の蘆は穂に出でにけり。鶯の関を過ぎて、湯尾峠を越れば、燧《ひうち》が城、かへる山に初雁を聞きて、十四日の夕ぐれ、つるがの津に、宿をもとむ。その夜、月、殊に晴れたり。『あすの夜もかくあるべきにや』といへば、『越路の習ひ、猶明夜の陰晴はかりがたし』と、あるじに酒すゝめられて、けいの明神に夜参す。仲哀天皇の御廟也。社頭神さびて、松の木の間に月のもり入りたる、おまへの白砂霜を敷るがごとし。往昔、遊行二世の上人、大願発起の事ありて、みづから草を刈、土石を荷ひ、泥渟をかはかせて、参詣往来の煩なし。古例今にたえず、神前に真砂を荷ひ給ふ。『これを遊行の砂持と申侍る』と、亭主のかたりける。

月清し遊行のもてる砂の上

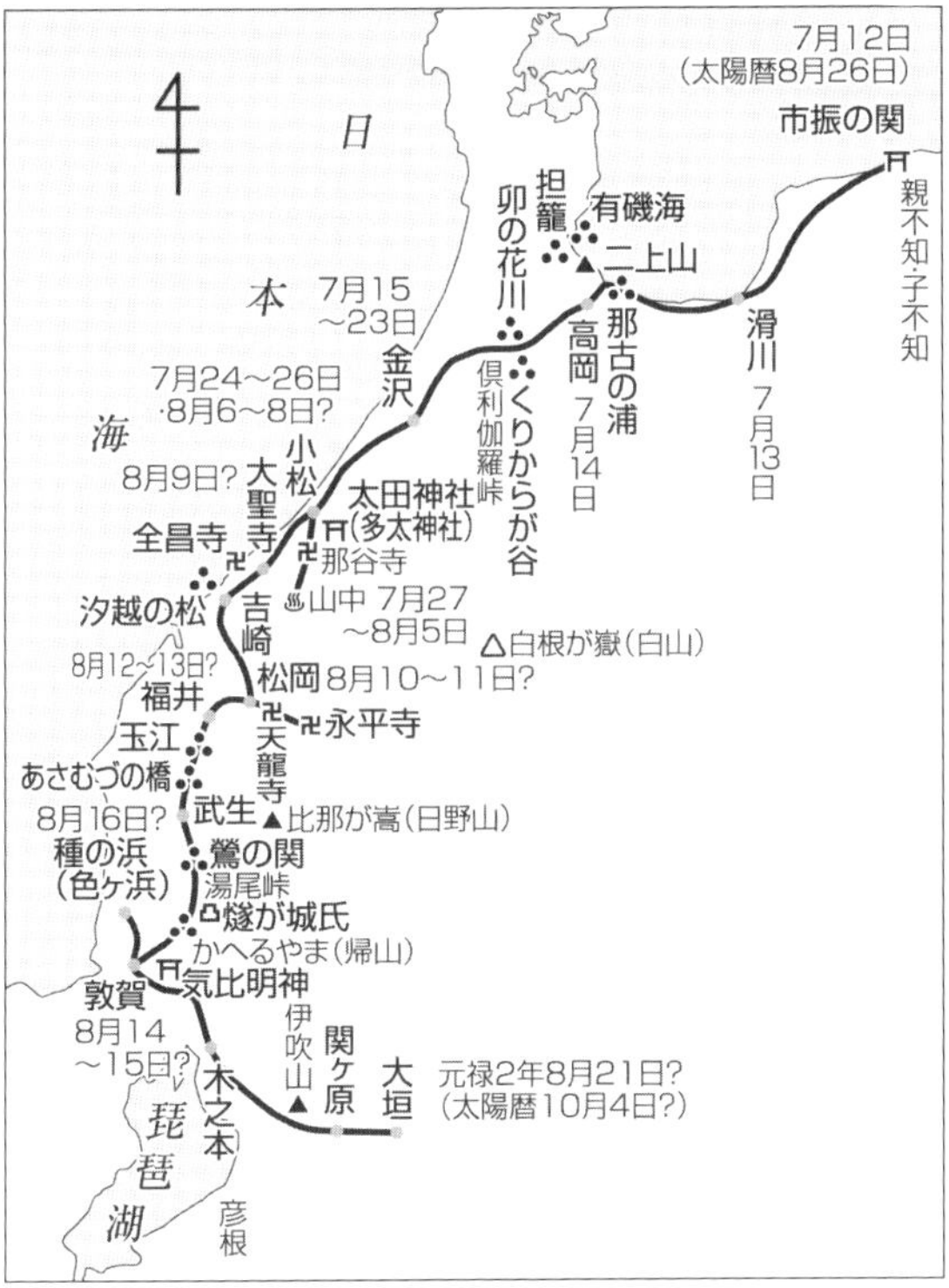

市振の関～大垣旅程表（『「100分 de 名著」ブックス　松尾芭蕉おくのほそ道』をもとに作成）

十五日、亭主の詞にたがはず雨降。明月や北国日和定なき[57]」

この項の冒頭の句は『おくのほそ道』には載っていない。これは、「芭蕉翁月一夜十五句」の内の一句で、「荊口句帖」と共に発見された。「大垣藩士宮崎荊口と三人の児、此筋、千川、文鳥らを中心とする発句、連句の書留[58]」である。

「芭蕉翁月一夜十五句」は、「福井洞哉子をさそふ」の前書きから始まり「阿曽武津の橋、玉江、ひなが嶽、木の目峠いもの神

湯尾峠（南越前町教育委員会提供）

也と札有　月に名をつゝミ兼てやいもの神」と詠まれ、更に「燧が城　義仲の寝覚めの山か月かなし」と重ね「越の中山、気比の海、同明神、種の浜、金が崎雨、はま、ミなと」と続き、さらに「うミ名月や北国日和定なき」と続いて「いま一句きれて見えず」で終わっている。(58)

昭和三十四年（一九五九）、岐阜県大垣市立図書館で発見された。敦賀までの道筋は湯尾峠から今庄、ここから天長七年（八三〇）に開削されたという古代・中世の北陸道に入り、木の目峠を越えたと思われる。敦賀まで芭蕉を出迎えた門人露通《ろつう》は、大垣まで馬の旅を共にし、一門の知人達と合流、滞在したという。その中の一人荊口の俳号を持つ大垣藩士宮崎太左衛門一家の句集がまとめられ、その序文に露通は「月一夜十五句」を書き写した。この時すでに、一句が擦り切れて見えなくなっていたという。(58) どのような経緯があるのか分からないが、この句は既に元文四年（一七三九）の『奥細道菅菰抄』の巻末に擲筆菴主人編『芭蕉句選』が収録されており、その「秋之部」に「月に名をつゝみかねてやいもの神」が載っている。(59・60)

『奥細道菅菰抄』には、「湯尾峠はわづかなる山にて頂に茶屋店三四軒あり。何も孫嫡子《まごちゃくし》御茶屋と暖簾に記して疱瘡の守りを出す。いにしへ此茶店のあるじ疱瘡神と約して其子孫なるものはもがさのうれへなしと言ふ。孫嫡子とは其の子孫の嫡家と云事なるべし」とある。(61)

元禄二年（一六八九）当時は、疱瘡に対しては神仏に祈念するか、呪《まじな》いか、逃避するか、隔離するしか術はなかった。湯尾峠の孫嫡子信仰はその一つで、峠の頂上には、醍醐天皇が疱瘡に罹りこの神社に祈願したら忽ち平癒したといういわれから、孫嫡子大明神が疱瘡の神、福神化された神として全国的に伝わり、疱瘡除けのお札を売っていたという。

延暦寺横川

行春や横河《よかわ》へのぼる疱瘡の神

与謝蕪村　句帳『句雙紙』

清水孝之校注『与謝蕪村集』によれば、「春のうち都に疱瘡が流行。春も去ろうとしてようやく下火になったのは、疱瘡神が元三《がんざん》大師に呼びつけられ、すごすごと横河へ登ったからだろう」の句意。また「疱瘡神送りの習俗を奇抜な着想で詠んだ諧謔。類句に、ゆく春や川をながるゝ疱の神　与謝蕪村（無名集）がある」(62)とある。元三大師は良源、慈恵大師の俗名である。

比叡山延暦寺は、延暦七年（七八八）に最澄が開山、自ら刻した薬師如来を安置した一乗止観院を営み、延暦寺と名づけた。弘仁十四年（八二三）、比叡山上近江国境、同山城国境を含む日本の六か所に宝塔院、六所宝塔を建て、更に智証大師円珍が横川に根本如法塔を建て、先の比叡山上東西の塔と合わせ東塔《とうどう》、西塔《さいとう》、横川《よかわ》と呼称

「まよけ鈴」。何時頃の何処の作か分からないが古くから伝承されている

した。この横川に比叡山中興の祖師と仰がれた十八世天台座主、良源・慈恵大師（元三大師、御廟大師、角大師等と通称された）の住房があった。[63-65]

疱瘡神の疫病神と福神化について、文化人類学者の大貫恵美子は、歴史的観点からみた神仏の諸機能として「流行病の変遷に従って神々の機能が変容した例」として挙げている。[66] このような例は疱瘡神に限らない。「鬼」もその一つで疫病除けでもあった。写真の「土鈴の鬼」も裏側には「まよけ鈴」と刻まれている。

蕪村は享保元年（一七一六）摂津国東成《ひがしなり》郡毛馬《けま》村、現在の大阪市都島《みやこじま》区生まれ、天明三年（一七八三）十二月二十五日（一七八四年一月十七日）、六十八歳で没した江戸中期の俳人である。若い頃を江戸で過ごし、東国を放浪した後に京都に定住した。画家としても知られているが、俳諧は蕉風を慕い鮮明な印象、情緒豊かな独自の世界を開いたという。早野巴人《はじん》を師とする。[67]

蕪村の活躍した頃は、トルコ式人痘種痘が盛んに行われていた。わが国でも緒方春朔が『種痘必順辨』を記し人痘種痘を行っていたが、[68] 一般に普及することはなかった。

疱瘡神《いもがみ》のねだり事いふ亥の子哉　　田川鳳朗《ほうろう》　　『鳳朗発句集[69]』（下）「冬の部　亥日」

この『鳳朗発句集』について、宮田正信・鈴木勝忠校注『化政天保俳諧集』には以下の注記がある。「中本二冊。西馬編。如息序、長盛跋。嘉永二年刊。同四年には続編二冊が出されているが、正編だけでその句風は十分理解できると思われるので省略した。天理図書館蔵本によった」。また、原本には「嘉永己酉晩秋　類題　鳳朗発句集　東部惺庵蔵板」の表題があり、本書をまとめた愚然は「先師鳳朗、一たび句藁《くこう》を上総の船路にてわだつみの神にかくされ、二たび続集を難波の旅寐にて相やどりのをの子にうばゝる。さらずば八十有余年の吟章、万をもって算へつべきをと、門生是を歎きあへり。されど、師は常に、古人歌を水に投じ発句を烟になしたるふる事など語り出て、我は求めずして句数のへりぬるは、風雅のうへなき幸なりとて、たゞ暗記の詠のみいさゝか書遺されしを、こたび社盟の手記これかれ取集て梓《あずさ》に上《のぼ》せぬ。かゝればかのかくされ奪るゝのうれひあらじと、よろこばしさに筆を採れり。百済堂如息（愚然）」と書いている[69]。

鳳朗は、宝暦十二年（一七六二）肥後国熊本生まれ、弘化二年（一八四五）没。江戸後期の俳人。俳諧を熊本で武久綺石に学び、寛政九年（一七九七）に江戸に出た。櫻井梅室、成田蒼虬《そうきゅう》と共に天保三宗匠に数えられた。当時の江戸大衆に迎えられたが、真正蕉風を唱えるも詩情を欠き、理屈や小主観に堕すという評価もあった[70]。

古来、亥の子の行事は、重要な祭事であった。

亥の子餅（滋賀県近江八幡市・たねや提供）

平安時代の惟宗允亮《これむねまさすけ》編の法制書『政事要略』巻廿五「年中行事」十月の項には、「亥日餅事　蔵人式云、初亥日　内蔵寮進殿上男女房料餅」更に「十月亥日食餅、除万病」と、十月の亥の日に糯米で作った餅を頂けば万病に効くとある。[71・72]

『源氏物語』第九帖「葵」にも、「その夜さり、亥の子餅参らせたり」と書かれている。[73] この頃は、だいず、あずき、ささげ、ごま、くり、かき、糖が用いられたという。

曲亭馬琴の『俳諧歳時記栞草《しおりぐさ》』には「冬之部　け　十月　玄猪《げんちょ》　亥の子　亥の子の餅『太平御覧』初冬、其月、亥に建す。亥の日亥の剋に餅を喰へば病ひなし。『錦繍万花谷』此餅を食へば万病を除く。『政事要略』豕《いのこ》は多子なる者なり」とある。更に「亥の子の餅は大豆、小豆、大角豆、胡麻、栗、柿、糖の七種の粉を合せてつくるよし、正親町公通卿《おおぎまちきんみち》の抄、并御湯殿記等に、その式委《くわ》しくみえたり」とある。[74] このように亥の子餅は古来意義のある食物であった。

『太平御覧』、『錦繍万花谷』は共に宋時代の中国の百科事典である。

疱瘡とはしかの句

凧あぐる風にこぼすやいも麻疹　白良　『芭蕉庵小文庫《こぶんこ》』

疱瘡とはしかを共に詠んでいる珍しい句である。

『芭蕉庵小文庫』（上）「春之部」「春水満四沢《しゅんすゐしたくにみず》の気色を」の項にある。[75]『芭蕉庵小文庫』は半紙本二冊。中村史邦《ふみくに》編。元禄九年（一六九六）三月刊。

冒頭に、「『木曾の情雪や生ぬく春の草』と申されける言の葉のむなしからずして、かの塚に塚をならべて、風雅を比恵（叡）・日（比）良の雪にのこしたまひぬ。さるを、むさし野のふるき庵ちかき長渓寺の禅師は、亡師としごろむつびかたらはれければ、例の杉風《さんぷう》、かの寺にひとつの塚をつきて、『さらに宗祇のやどりかな』と書をかれける一帋《いっし》を壺中に納めて、此塚のあるじとなせり。たれ〲もかれに志をあはせて、情をはこび句をになふ。猶師の恩をしたがふにたえず、霜落葉かきのけて、かたのごとくなる石牌をたて、『霜がれの芭蕉をうへし発句塚』と杉子がなげきそめしより、愁腸なをあらたまりて、日の影のかなしく寒し発句塚　史邦」とある。[76] この句の白良なる人物が如何なる人か分からない。

凧（たこ）は国字である。平安時代以降、和凧は近畿、北陸、中国、四国の一部では「いか」、「いかのぼり」と呼ばれていた。

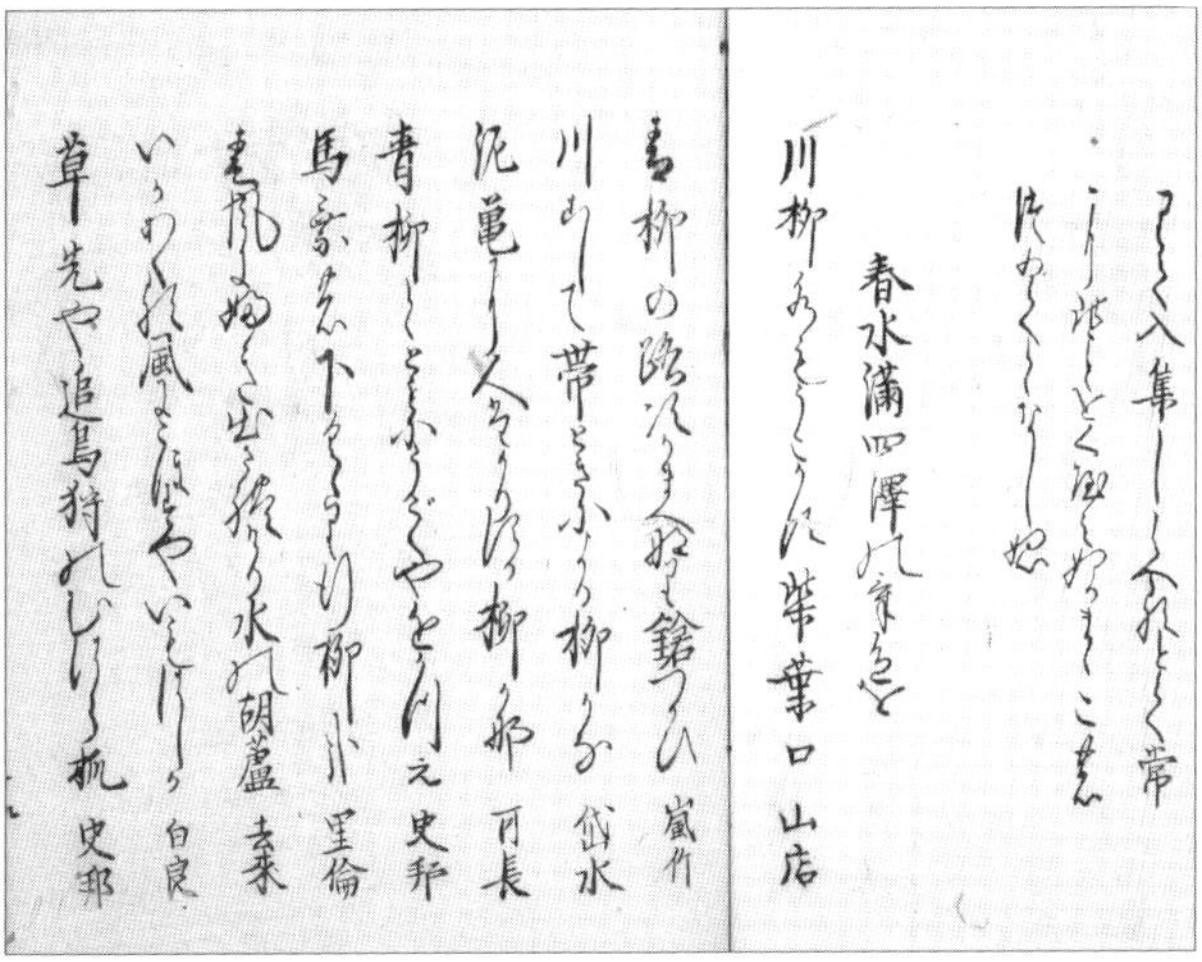
『芭蕉庵小文庫』の原句（早稲田大学図書館所蔵）

『和漢三才図会』より「いかのぼり」（国立国会図書館所蔵）

『和漢三才図会』には「紙鵈いかのぼり」と書かれ、くらげのような形の凧の図と共に「紙鳶《しえん》、風箏《ふうそう》、紙老鵈《しろうし》（和名は師労之［奴凧］。今は烏賊《イカ》という。関東では章魚《タコ》という）[77・78]」の記載がある。「たこ」は江戸時代以降の呼称との説もある。

江戸時代、凧あげは庶民の間でも大流行した。そのために幕府から「たこあげ」禁止令が出た程であった。「いか」が「たこ」と呼ばれるようになった経緯には、当時の幕府に対する庶民の反骨、頓智から生まれた逸話がある。[79]

蕪村、一茶にも「いか」の句がある。

几巾きのふの空のありどころ　　蕪村　『落日庵自筆句帳』

几巾は「いかのぼり」と読む。[80]

几巾青葉を出つ入つ哉　　一茶

寛政七年（一七九五）、一茶西国紀行の折。「途中吟遠望」と添え書きがある。[83]

次の句も疱瘡とはしかが詠まれている。

疱瘡《いも》しての麻疹は軽し後の月　　越闌　秋　『正風彦根躰《しょうふうひこねぶり》』

「後の月」は旧暦九月十三日の夜の月である。名月の華やかさに対してもの寂しさを感じる。

宮本三郎・今栄蔵校注『（古典俳文学大系7）蕉門俳諧集二』には「正風彦根躰　半紙本一冊。許六編。自序。正徳二年、野田弥兵衛刊。芭蕉正統の血脈を相伝した彦根蕉門の俳風という意により書名とする。彦根俳人の四季発句を、第一雪月花・時鳥以下、第十難題・讃物に至る迄十題に類聚し、巻末は許六の『寐釈迦御免銘』の俳文で結ぶ。題簽《だいせん》は右表題に同じ。底本、東京大学図書館竹冷文庫本」とある(82)。この第一「雪月花・時鳥の沙汰」に載る。

越闌は如何なる人物か。手許の史料には載っていない。許六編の『正風彦根躰』に選句されているのであるから、蕉門で彦根に関わる一人と思われる。

はしかの句

手許の資料では、疱瘡の句に対してはしかの句は少なかった。

よき袷《あはせ》はしか前とは見ゆる也　一茶　『享和句帖』

享和三年（一八〇三）、四十一歳の句である。国文学者・丸山一彦によると、一茶は享和期、「特に『享和句帖』では『詩経』や『易経』の俳訳に熱心に取り組み、その中には、詩題に触発されて一茶の肉声を響かせた作も見られる」という(83)。

この年の四月から六月にかけてはしかが大流行し、多くの人びとが亡くなっている。『武江年表』によれば、「四月より六月に至り、麻疹流行、人多く死す（筠庭《いんてい》云ふ、此の節落首、『江戸中の端からはしか一面にはやるは医者とあんまけんびき』。はしかも珍しかりし故人死も多かり。其の後は往々ありて死するものなし）」とある。[84]

筠庭は本名、喜多村信節《きたむらのぶよ》、天明四年（一七八四）生まれ、江戸後期の国学者。世事にたけ、風俗考証の『嬉遊笑覧』の著者である。『武江年表』にはしばしば、「筠庭云う」「筠補」で始まる文を寄せている。[85]

麻疹する男おはるゝほしむかへ　沙明　「田植諷[86]」（宝永五年）

沙明は生年不詳、享保十二年（一七二七）六月十五日没。本名関谷甚右衛門、筑前国里崎の富商という。[88]

以上紹介した史料、資料のみで十分とは言えないが、俳諧師が活躍した江戸時代、はしかの句は疱瘡に比べて少なかったように思われる。これは既に述べたはしかウイルスの特性である、一旦はしかが発生すると抗体がないほぼ全員が罹るために、流行が二、三十年周期になり、また、先の享和三年、文久二年（一八六二）の大流行の死屍累々の恐ろしい「命定め」のいわれの如き有り様から、俳諧師が詠み筆を取る余裕がなかったのではないか。

では、何故、はしかは季語になり、疱瘡は季語になれなかったのか。また、種痘・植疱瘡はいつ頃、どのような経緯で季語になったのか。次項で検討したい。

季語というもの

季語の決め方

季語という語は明治四十一年（一九〇八）、俳人で俳句評論家でもあった大須賀乙字が「季感象徴論」で初めて使ったとされている。[88]

乙字は大正六年（一九一七）「一句の情緒の中心となる季題が季語で、句から離れて歳時記に載せられている季題は単なる季題に過ぎず、季語とは言わないとする。季語は情意活動の象徴であり、故に季語は作者の感情の象徴である」といっている。[89]

乙字の論はさておき、角川書店編『俳句歳時記』[90]の夏の時候、天文、地理、生活の季語の成り立ちの幾つかを拾い読みすると、

薄　暑　明治末期に季語として定着した。（24頁）

炎　昼　比較的新しい季語で、山口誓子の昭和十三（一九三八）年刊行の句集に『炎昼』を使って以来広まったという。（30頁）

短　夜　明けやすい夜を惜しむ心は、ことに後朝《きぬぎぬ》の歌として古来詠まれてきた。（31頁）

夜の秋　古くは秋の夜と同じ意味であったが、近代以降、夏の季語として使われるようになった。（36頁）

朝　雲　季語として定着したのは近代以降。（49頁）

日　盛　近代以降、好んで用いられるようになった。（50頁）

山滴る　北宋の画家郭熙《かくき》の『林泉高致』の一節の「夏山蒼翠として滴るが如し」から季語になった。（53頁）

夏山・青野　季語として定着したのは山口誓子の「青野ゆき馬は片目に人を見る」以降。（54頁）

滴　り　涼しさを誘うところから近代以降に季語となった。（58頁）

滝　滝が季語になったのは近代になってからである。（59頁）

草　刈　大正以降に定着した季語。（97頁）

花　火　初期俳諧では花火は盆行事の一環と考えられ、秋の季語であったが、納涼が中心となった現代では夏の季語に分類している。（117頁）

時　鳥　道元禅師若集の歌、春は花夏ほととぎす秋は月冬雪さえてすずしかりけりのとおり、雪月花に並ぶ夏の主要な季の詞であり、鶯とともに、初音を待ちわびるものであった。（149頁）

などの記載がある。

ここに挙げた季語の由来の多くは、近代、特に大正時代以降に定着した例が多いことが分かる。多くの気鋭の俳人が生まれ、詠まれた句の言葉を季語として認めた人がいたのであろうが、その経緯は分からない。山口誓子の「青野ゆき馬は片目に人を見る」は当初、無季句だったのであろう。

季語、季題の選ばれ方について、稲畑汀子編『ホトトギス新歳時記』(91)には以下のような記載がある。

「この度、第三版を出版するに当たり、読者から希望もあって追加すべき新季題を加え、例句の追加、差し替えなどをすることになった。特に例句の差し替えは慎重にした。（中略）第三版には三十の新季題を追加した。新季題として登録する条件としては良い例句が必要であった」と新しい季題が列挙されている。

一　月　初景色　淑気　凍て滝
二　月　春の霜　金縷梅《まんさく》　春一番
三　月　斑雪　春祭　春障子
四　月　春の闇　春陰　菜種梅雨　昭和の日　櫻蘂《さくらしべ》降る
五　月　ラベンダー　芽花《つばな》流し
六　月　山椒魚　やませ　父の日
七　月　夕菅　ナイター　海の日
八　月　終戦の日
九　月　無し
十　月　秋思　鷹渡る　時代祭　檸檬　初鴨
十一月　朴《ほお》落《お》ち葉
十二月　数へ日

新季題の選択には「良い例句があること」、更に季題の取捨に五条を挙げ、その要点は「詩、詩趣のあるもの」となっている。ここに挙げた季題の多くは、既に他の俳句歳時記、季寄せでは季語として載っている。

この季題選択の経緯をみると、季語、季題は幾許かの条件はあるにせよ、宗匠、結社の裁断により新たに充塡出来るものであり、俳界全体に共通する絶対的なものではないということであろうか。この件は俳句会誌『知音』に俳人・行方《なめかた》克巳の次の文が載っており、ごく普通のことのようでもある。

「歳時記による季語の登録の有無について、虚子先生が、私が認めたら季語だって言うかもしれないけれどね、その編集者によって違うんですよね[92]」

因みに『ホトトギス新歳時記』に疱瘡、はしかは載っていないが、種痘・植疱瘡は春の季題になっている。

さて、俳聖松尾芭蕉は「季節の言葉」に如何なることを論じているのか。蕉門十哲の一人、向井去来の『去来抄故実』によれば、「古来の季ならずとも、季に然るべき物あらば撰び用ゆべし。先師、季節の一つも探り出したらんは、後世によき賜と也」とあり[93]、「芭蕉にとっての季語は、与えられた約束と云うばかりではなく、みずから創案することのできるものであった。しかもそれは、後世への良き贈り物となることができる」という[94]。

現今の歳時記――季寄せに至る小文

現今の歳時記、季寄せに至る経緯のごく一端から季語をさかのぼってみたい。

先に引用した『俳句歳時記』（第五版）「冬」の小春の項に、「小春は中国の『荊楚歳時記』の『天気和《わ》煖《だん》にして、春に似る。故に、小春と曰ふ』に由来する語」とある[95]。また、「新年」の元日の項には「元日から六日までは当該の禽獣を殺さず、七日には人に刑を行わないとある」と載っている[97]。

『荊楚歳時記』はわが国の歳時記、更には俳句歳時記の基本であった。
『荊楚歳時記』の著者宗懍《そうりん》は、わが国の古墳時代後期（四九八または五〇二年頃）の人とされている。代々江陵、現在の中国湖北省荊州市で生まれ育ち、この生地を愛する精神が『荊楚歳時記』撰述の重要な動機になったという。成立の時代は明らかではない。わが国へは、奈良時代初期までに伝えられたとされ、朝廷ではこの歳時記に倣い年中行事を定めた形跡があると言われ、現在我々の行事などにも大きな影響をもたらしている。例えば、「冬至の日、日の影を量り、赤豆粥《しゆく》を作りて以て疫を禳《はら》う」とある。中国の古代神話に登場する神共工《きようこう》氏の子が冬至に死亡し疫鬼になったので、赤豆でこれを逐《おう》という。古来赤豆は正月にも疫病のため用いられることがあると訳注補訂されている。(97)

この『荊楚歳時記』は四季の諸事について記載したもので、俳諧・俳句の専門書ではないものの、後に俳句の歳時記を『俳句歳時記』と称するのはこのためであろう。一方、季寄せは四季の詞寄《ことばよせ》を省略した語という。(98)

江戸時代前期、正保二年（一六四五）の松江重頼著『毛吹草』七巻、及び同五年（慶安元年［一六四八］）の北村季吟著の『山乃井』は、俳諧の季語を集め「季寄せ」とした最初とされている。

今回、選んだ江戸時代に俳諧師が詠んだ「疱瘡の句」の季語は、梅、蛙、出替り、花見、幟、時鳥、麦の秋、初雪、吹雪、かるたなどで、いずれも『毛吹草』に載っている。巻第二「連歌四季之詞」の初春に「梅（この花春告草）」が、中冬に「ふゞき」がある。(99)現在の歳時記の四季区分から見ると、春四句、夏三句、冬二句、新年一句である。これらの句から疱瘡流行の季節性や季語の本意とする検討は難しい。

興味あることに『毛吹草』の巻第三「付合」の「や」の項に「疱瘡」の語がある。山、祇薗会、疱瘡、塵、金、天狗、袴腰と続いている[100]。

江戸時代前期のこの季寄せの「付合」に疱瘡の語が認められることは、他に多くの疾病や薬が載っていることと合わせ、俳諧師に詠われるほど疱瘡が日常的な存在であったのではないか。

松江重頼は慶長七年（一六〇二）京都の生まれ、松永貞徳の貞門派七俳人の一人、松尾芭蕉、山口素堂らに感銘を与えた一人という。

北村季吟の『山乃井』にも、疱瘡、はしかの項はない。季吟も貞徳門下。寛永元年（一六二四）京都生まれ、宝永二年（一七〇五）没。松尾芭蕉、山口素堂ら優れた俳諧人を育てた。

『山乃井』解題の島本晶一によると「正保四年十二月に成立、翌正月刊行とあり、俳諧季寄せとして嚆矢である。巻四までは四季題目一一三、関連季題一〇三二を集めている。また、例句は主に犬子集、発句集、鷹筑波集、毛吹草、貞徳・正章の句帖より抜出しており、正保四年自句の句日記を巻五として付し合わせて刊行」とある[102]。

四季題目は「春部」、「夏部」は植物が多く、「秋部」は身近なこと、「冬部」には季節の自然が多い印象があり、『毛吹草』と共に殆んどが現今の身近な歳時記に載っているものである。疫病は見当たらない[102]。

『毛吹草』、『山之井』が出版されたこの頃に、芭蕉が生まれた。疱瘡の視点から見ると、長崎に渡来した中国の医家により人痘種痘法が試みられたが普及しなかった。

この二冊は、その後、享和三年（一八〇三）の曲亭馬琴の『俳諧歳時記[103]』、更に嘉永六年（一八五三）の藍亭青藍の『俳諧歳時記栞草』に繋がるのであろう[104]。

明治五年（一八七二）十一月九日に「改暦詔書」が公布され、太陰暦から太陽暦に改められた。これを最初に取り入れた俳諧書は、恐らく明治七・八年の能勢香夢の『俳諧貝合《かいあわせ》』であるが、疱瘡、はしかは見当たらない[105]。

同じ年に四睡庵壺公《しすいあんここう》の『ねぶりのひま』が書かれた。二月を初春とし、三、四月を春、五、六、七月を夏、八、九、十月を秋、十一、十二、一月を冬として、新たに新年を別格とし、四季の前におくことにした[106]。以降、わが国の歳時記はこの形式をとりつつ、江戸時代後期の例えば『俳諧四季部類[107]』などの歳時記を踏襲したという[108]。ただ、『ねぶりのひま』は歳時記でも季寄せでもない。太陽暦によって季題を月別に分け、それぞれの月の俳句、連句を集めた俳句集である。疫病に関する例句は見当たらない。

しかし『ねぶりのひま』は、明治十一年に根岸和五郎の『大陽暦四季部類』、同十三年に萩原乙彦の『新題季寄俳諧手洋燈』、山内梅敬の『明治新撰俳諧季寄鑑』を生み出すのである。

手許にある歳時記、季寄せから

虚子は歳時記と季寄せの違いについて「この『虚子編の季寄せ』は『虚子編新歳時記』によったものである。歳時記の方は季題の文学的な説明を主としたものであって、索引によってその季題を探り当てその解説を読んで初めてその性質を明らかにするといふ、謂はば辞書の如き役目をするものであるが、この『季寄せ』は句作に当って題を探るのに、最も簡単に、手っ取り早くその用を果たし、また吟行の時などに、触目の景色の中に季題を見出す場合、用を為すもので、常に句作の伴侶となるものである。されば季寄せは只季題を並べただけでもよいものであるが、併し此書には難解と思はれる題には簡単な解説をし、例句も出来るだけは挙げることにした。これは畢竟編者の老婆親切である。昭和十五年四月十六日　ホトトギス発行所にて　高濱虚子」とある。僅か二九四頁、索引三十四頁の季寄せであるが、シの項に「シュトウ」があり、季題配列四月に「種痘」と例句が掲載されている。(109)

講談社の『カラー版新日本大歳時記』には、「麻疹　三春　はしか」が載っている。「麻疹ウイルスによる急性伝染病。冬から春にかけて流行する」。解説は坪内稔典《としのり》で、「麻疹咲かすに大き布団を掛けやりぬ　黄川田美千子」の例句がある。はしかが春の季語になったのは、季節がよくなり人々の集まる機会が多くなった故であろうか。

また、同書には「種痘　晩春　植疱瘡」があり、「小学校入学前、卒業前に行われたので春の季語とされるが、天然痘が絶滅したために、過去の季語になった」と加藤宗也により解説されている。例句は四句(111)。

もう一冊、季語「はしか　麻疹」が載っている季寄せがある。角川書店の『新版季寄せ』である。その「夏　人事　情緒」に「麻疹　はしか　麻疹の子　麻疹はやる　麻疹の子の並びて髪の長きが姉　橋本多佳子」と例句を挙げている。この季寄せには「春　人事　行事」に「種痘」も載っている(111)。はしかが夏の季語になった経緯は分からないが、赤痢、疫痢、日射病、コレラ、マラリヤも共に季語として載っており、例句が挙げられている。

その他、齋藤愼爾他編『必携季語秀句用字用例辞典(112)』、角川学芸出版編集『角川俳句大歳時記(113)』、山本健吉編纂『カラー図説日本大歳時記(114)』には、「ハシカ」、「種痘」は季語として載っているが、採用の謂れ、経緯の記載はない。「疱瘡」はない。

疱瘡が季語に選ばれなかった経緯について、お茶の水女子大学名誉教授・大口勇次郎は「はしかの発症には季節性が認められる。はしかは誤解されて季語に採用された。はしかは理由不明のままに季語に採用されている」の三点を挙げ、この結論を出せば「何故、疱瘡が季語になれなかったのかの理由が明らかになるのではないか」と示唆してくれた。これについては次項の本書のまとめの中で記したい。

まとめ

疱瘡及びはしかについて思いつくままに述べてきたが、論をまとめなければならない。
まず、これまでの要点を挙げ、更に、疱瘡と江戸時代俳諧師が作句した時間的関係を、更に季語との関わりについて述べ、結論としたい。

これまでの要点

以下、疱瘡、はしか、俳諧の人びと、大口勇次郎の示唆について列挙する。

【疱瘡】

- ウイルスは生きた細胞の中でしか増殖出来ない。
- 疱瘡ウイルスは、唯一ヒトにのみ感染する。

●初めて感染すると一〇〇パーセント近く発病する。
●疱瘡ウイルスの遺伝子の相異から、致死率一〇－二五パーセントと非常に毒性が強い大疱瘡と、致死率一パーセント以下の小疱瘡の病型がある。
●感染は主に飛沫による空気感染である。英国バーミンガム大学の悲劇は、階下から通気管を経由した疱瘡ウイルスの拡散であった。
●罹患者に疱瘡痕が認められる。器量定めである。
●江戸時代以前に疱瘡は地域の子供の疫病に変わり、思い出したように流行した。
●治療薬はない。従って予防が重要になる。
●感染予防は大まかに隔離、人痘種痘であった。古来、衣苗法、痘衣種法が行われていた。中国やトルコで十六世紀には行われていた人痘種痘が、わが国で行われるようになったのは緒方春朔の寛政二年（一七九〇）の中国式人痘種痘である。その後、寛政五年に長崎でケルレルがトルコ式人痘種痘を行ったが、共に根付くことはなかった。
●ジェンナーの業績である牛痘種痘が報告されたのは寛政十年である。わが国で広く行われるようになったのは更に半世紀余り後の嘉永二年（一八四九）である。
●ジェンナーの業績を端緒に疱瘡は昭和五十五年（一九八〇）地球上から姿を消すことになる。

【はしか】
●はしかウイルスも感染力が強い。飛沫、空気感染である。

●基本的にはヒトを唯一の宿主とするヒトからヒトへの感染である。
●二、三十年周期の流行で、一旦流行すると抗体を持たない乳児から成人まで一〇〇パーセント罹り発病する。
●かつては罹患者の三〇パーセント程の人びとが死亡した。
●特効薬はない。命定めであった。文久二年（一八六二）に大流行があり多くの人びとが亡くなった。
●疱瘡とはしかの鑑別、ラーゼスの業績の重訳が伝わったと思われるのは弘化四年（一八四七）である。
●ワクチンが出来たのは昭和三十九年（一九六四）である。

【俳諧の人びと】
●芭蕉が生まれたのは寛永二十一年（一六四四）、没したのは元禄七年（一六九四）。奥の細道の旅は元禄二年である。湯尾峠を訪ね、「月一夜十五句」を詠んでいる。蕉門の人びとが疱瘡や関わりがある句を詠んでいる。
●蕪村が生まれたのは享保元年（一七一六）、没年は天明三年（一七八三）。疱瘡神の句を詠んでいる。
●一茶が生まれたのは宝暦十三年（一七六三）、没年は文政十年（一八二七）。寛政四年（一七九二）西国行脚の途に就き、大村藩の疱瘡隔離施設を訪ねている。我が子を疱瘡で亡くしている。はしかの句も詠んでいる。
●今回取り上げた疱瘡及び関連句の多くは、およそ元禄二年（一六八九）頃から明和元年（一七六四）頃の間に詠まれている。

●『去来抄』が流布したのは、安永四年（一七七五）頃からである。
●この間を疱瘡の視点からみると、疱瘡は風土病と化しており、思い出したように跋扈《ばっこ》した。流行時に人びとは神仏に祈るか呪《まじな》いに頼るしかなかった。人痘種痘、牛痘種痘が一般化するのは、まだ先のことであった。

【大口勇次郎の三点の示唆について】
●「はしかの発生に季節性が認められるか」について
『武江年表』によれば江戸時代のはしか流行の始まりは春が多く、夏半ば、冬となっている[115]。

大正時代の『日本小児科叢書』には、「欧州、北米の記録では、寒冷期の流行が六三・七%、残りは温暖期の季節」とある[116]。小児科医にとってバイブル的な教科書『ネルソンの小児科学』十五版には「不規則に二ないし四年の間隔で春に現れる」との記述がある[117]。また、著明な米国の小児科医の書『ルドルフの小児科学』十八版には、晩冬から初春の気温を挙げている[118]。先に述べた青森県中泊町のはしか流行を江戸の記録でみると、春から夏にかけて流行した傾向がある[115]。わが国の近年のはしかの多くは諸外国から持ち込まれたもので[119]、年間数万人余の発症と推定されており、罹患者は、はしかワクチン未接種の二歳以下が半数で初春から夏に発生が多く、また、地域の流行である。

以上の資料をまとめてみると、はしかの流行は、春から夏にかけての季節性が認められると言って差し支えないであろう[120]。

はしかの感染は感受性者の多寡、動きに左右される。人の動きが活発になる春頃からの流行が多いという季節性がうかがえるのは、このためであろう。

●「はしかは誤解されて季語に採用された」について

はしかを季語として掲載している歳時記、季語集の類には、採用理由が明らかにされていない。しかし、これは、はしかに限らない。はしかは誤解されて季語に採用されたと言える根拠がない。

●「理由不明のまま季語に採用されている」

はしかが載っている歳時記、季寄せ、辞典五冊のいずれも季語採用の総論のみが記載されている。先に述べた『カラー版日本大歳時記』には、「見出し季語の選定は同書の昭和五十六年―五十七年初版発行を基に編集委員会が行い、さらに、その約五千季語の中から三二二五語を主要季語として選出し、主要季語は朱色の文字で一般季語は紺色の文字でしめした」とある。麻疹、種痘は共に一般季語、紺色に区分されている[121]。

角川書店の『新版季寄せ』二十版の解説の凡例によれば、「現在作句されている季題を主にひろく採集し、新しい季題も出来るだけ採録した。現在ほとんど作句されていないと認められるものは除いたが、特殊な季題についてはは歴史的意義を認めてあえて加えたものもある[122]」とのこと。はしかが採用されたのは「特殊な季題で歴史的意義」を認めての故であろうか。いずれにしても、はしか採用の説明はない。手許の資料からは「はしかは歴史的意義か、もしくは、季語採用の理由不明のまま」と言う他ない。

この三点から疱瘡が何故、季語に選ばれなかったのかをまとめることは難しいが、強いて言えば、疱瘡の流行には、季節性がない、江戸時代後期頃には誰でも罹る通過儀礼的な存在になっている。更に、種痘、植疱瘡の普及により疱瘡自体が消滅し、季語となる時期を逸した、ということになるのであろうか。

結論

【疱瘡と俳諧の時間的関係 ― はしか、種痘、植疱瘡は如何か】

江戸時代の芭蕉をはじめ、蕉門の人々、蕪村、少し後の一茶が活躍した江戸時代中期を中心としたおよそ一世紀を疱瘡の視点から見ると、唯一、対抗出来る予防法として、十六世紀には中国、トルコなどで接種されていた人痘種痘が漸く行われたが、広く行われ根付くことはなかった。

疱瘡は機会がある毎に季節、場所を選ぶことなく跋扈し、人びと、特に子供を苦しめていた。これは成人の多くが疱瘡の抗体を持っているからに他ならないのではあるが、一茶が我が子を失った悲しみを何句も詠んだように、犠牲になるのは子供であった。致死率が高い疱瘡ウイルスに罹れば命を落とすこともあり、仮に軽いウイルスに罹り助かっても、顔面をはじめ身体のあちこちに痘瘡痕を残した。特効薬はなく、古来盛んであった疱瘡信仰や呪いは未だ人びとの大事な心の拠り所であった。このような日常的な有り様が俳諧人の目に留まり、多くの疱瘡やそれにまつわる句が詠まれたのであろう。

その後、江戸時代後期半ばを過ぎると、漢方医に代わり蘭学を修めた医師の診たてや対処方が尊ばれるようになり、ジェンナーの研究を端緒とした牛痘種痘接種、種痘・植疱瘡へと変わっていった。

一方、はしかは人口密度の低い時代には数十年に一度という割合で広い地域の流行を繰り返すことが多かった。一旦流行が起こると、このウイルスの特性から抗体を持たない幅広い年齢層のほぼ全員が罹患し、多くの人びとを死に至らしめた。この有り様が大人の疫病と認識されていた。勿論、有効な特効薬はなく、予防接種もなかった。はしかは、当時の俳諧の人びとにとって詠むゆとりと機会が少なかったものと思われる。

しかし、時を経て近代以降になると、都市人口の増加と共に、免疫のない子供が罹る、毎年流行する（二十万人以上）疫病へと変わっていった。特に乳児が罹ると重症となり、かつては三人に一人は亡くなっていた。治療薬はなくても人びとの栄養状態の改善（これには異論もあるが）や対処法、例えばビタミンAの効果[123]や、二次感染に対する管理の改善などにより死亡率は低下した。「七つ前は神の子」、「七つ迄は神のうち」などの諺[124]や「昔の人は、人には三つの厄がある、それは年厄の事では無く、疱瘡とはしかと少年期の放蕩の三つである[125]」といった言葉もあるように、はしかも一生のうち誰もが一度は罹る疫病で通過儀礼とも言われるようになった。昭和三十九年（一九六四）にワクチンが出来、同四十六年の任意接種、同五十三年の定期接種が普及するまでは、はしかに罹ることは日常生活のごく普通の出来事であった。このような状況が近代の何時の頃かに、その理由はとも角として春、夏の季語に選ばれ俳句に詠まれたのであろう。

わが国にジェンナーの牛痘種痘が伝来し、人びとに接種されるようになると、その効果から疱瘡の流行は漸減し、やがて疱瘡は世間話から消え、代わって種痘・植疱瘡が話題になった。明治四十二年（一九〇九）の種痘法「法律第35号」では、定期接種及び臨時接種の実施などが定められ、これら公的なお達しにより種痘・植疱瘡が定期的に全国規模で行われるようになり、各地の行事ともなった。種痘・植疱瘡の地位は安定し、何時の頃からか季語に選ばれることになったのである。

【疱瘡とはしか、種痘、植疱瘡と季語】

大方のことは前項に述べた。疱瘡は、既に慶長八年（一六〇三）刊の『日葡辞書』にも載っているよう

1978年、国連発行の天然痘撲滅記念切手。この切手発行から２年後の1980年にWHOの総会で天然痘根絶宣言が出された

に、古くから庶民の間で普通に使われていた言葉であった。また、松江重頼の『毛吹草』（正保二年［一六四五］）の「付合」に疱瘡の語があることも、疱瘡が世間一般に知られ、使われていたことを示しているのであろう。疱瘡は俳諧師の興味をひき、詠まれる機会はあっても季節性は認められず、また、詩的な情緒を求めるには希薄であった。

疱瘡は昭和三十一年（一九五六）に国内発症が終焉し、昭和五十一年に疱瘡ワクチン接種、種痘・植疱瘡の定期接種が終わりを迎えた。更に、昭和五十五年に世界保健機構（ＷＨＯ）の総会で疱瘡（天然痘）の根絶宣言が発表され、この地球上から姿を消した。

疱瘡、種痘、植疱瘡はこれからも詠まれる機会があるのであろうか。疱瘡は歴史上の疫病となり、また、種痘・植疱瘡は絶滅の季語となってしまったのではないか。

一方、はしかは、世界的に「はしか・麻疹制圧から集団発生予防、排除」に向けての目標が制定されており、わが国はＷＨＯからはしか・麻疹制圧国と認定されている。しかし、平成三十一年（二〇一九）一月以降、およそ四か月間に五六六人のはしか罹患者が確認されており、その多くは予防接種が不完全な成人で、はしかウイルスの遺伝子分析からアジア諸国からの帰国者による輸入と推定され、わが国のはしかワクチンの予防接種の徹底が望まれている[126,127]。これから暫くの間は、はしかは季語としての役割を果たしていくのかもしれない。

引用及び参考文献

（1）滝沢馬琴著、後藤丹治校注『椿説弓張月』上（日本古典文学大系60）岩波書店、1958年、16・278－280頁
（2）夏目漱石『吾輩は猫である』（『漱石全集』第一巻九）漱石全集刊行会、1928年、293・294頁他
（3）夏目漱石『道草』（『漱石全集』第九巻三十九）漱石全集刊行会、1928年、349・473頁
（4）大槻文彦『言海』ちくま学芸文庫、2004年、268・643頁
（5）岡本綺堂『時代推理小説半七捕物帳（五）河豚太鼓』光文社文庫、2009年、145－148頁
（6）式亭三馬『麻疹戯言』書林・江戸萬屋太治右衛門蔵版、1803年、国立国会図書館デジタルコレクション
（7）斎藤月岑著、金子光晴校訂『増訂武江年表』2、平凡社東洋文庫118、2001年、23頁
（8）柴田宵曲『俳諧随筆　蕉門の人々』岩波文庫、2015年、265頁
（9）安井小洒編、石川真弘・木村三四吾校注『（古典俳文学大系8）蕉門名家句集一』潁原退蔵「序」、集英社、1972年、6・7頁
（10）同前書、288頁、「元禄五任申す七月五老井主人珎ニ見ユルモノ」とある
（11）同前書、260頁
（12）森川許六著・伊藤松宇校訂『風俗文選』岩波文庫、1997年、17頁
（13）高木蒼梧『俳諧人名辞典』「許六」明治書院、1960年、199－205頁
（14）前掲『風俗文選』李由「湖水賦」38－43頁
（15）同前書、許六「百花譜」60－65頁
（16）辻茂三（旧制彦根中学校出身）「私信」1941年
（17）寺田昭一編『歴史街道　名城を歩く彦根城』2003年、PHP研究所、6－9頁
（18）滋賀県高等学校歴史散歩研究会『滋賀県の歴史散歩』山川出版社、1978年、156－159頁
（19）小林一茶著、矢羽勝幸校注『父の終焉日記・おらが春他一編』岩波文庫、2018年、167・168頁

(20) 丸山一彦校注『新訂一茶俳句集』岩波文庫、2016年、298頁
(21) 同前書、298・383頁
(22) 前掲『(古典俳文学大系9) 蕉門名家句集二』「李由」1973年、443頁
(23) 新村出編『広辞苑』第四版、岩波書店、1992年、1756頁
(24) 堀切実編注『蕉門名家句選』(下) 岩波文庫、1989年、234頁
(25) 前掲『(古典俳文学大系8) 蕉門名家句集一』「傘下」357頁
(26) 山本荷兮『阿羅野 員外』筒井庄兵衛、1689年、早稲田大学図書館 (公開の三冊のうち上・下の二冊に巻之一から八が、一冊に員外が収められている)
(27) 前掲『(古典俳文学大系8) 蕉門名家句集一』「其角」196頁
(28) 室井其角自撰・小沢武二編『其角俳句集』俳人叢書第2編、春陽堂、1926年、国立国会図書館デジタルコレクション、コマ番号31
(29) 柴田宵曲『俳諧随想蕉門の人々』岩波文庫、2015年、9-38頁
(30) 尚学図書編『故事俗信ことわざ大辞典』小学館、1985年、6頁
(31) 前掲『(古典俳文学大系9) 蕉門名家句集二』「桃後」1973年、45・46頁
(32) 各務支考著・小沢武二編『笈日記』下巻、春陽堂版、1926年、国立国会図書館デジタルコレクション、コマ番号78・79
(33) 前掲『俳諧人名辞典』「桃後」162・163頁
(34) 前掲『故事俗信ことわざ大事典』1053頁
(35) 潜龍陳人 (石田鼎貫)『小児養育金礎 薬王円能書』1864年、18丁裏・19丁表 (文化10年刊の再彫改補)
(36) 前掲『蕉門名家句選 (下)』406頁
(37) 前掲『(古典俳文学大系9) 蕉門名家句集二』「浪化」515頁
(38) 前掲『俳諧人名辞典』「浪化」253-256頁

(39) 前掲『(古典俳文学大系9) 蕉門名家句集二』「木導」302頁。『鯰橋』は里仲編、1718年、野田弥兵衛板、674頁

(40) 同前書「木導」299頁

(41) 前掲『俳諧随筆　蕉門の人々』266―272頁

(42) 野田別天楼開題、安井小洒校訂『芭蕉珍書百種』第11篇「水の音」蕉門珍書百種刊行会、1926年、国立国会図書館デジタルコレクション、コマ番号29―41

(43) 前掲『俳諧人名辞典』「木導」220・221頁

(44) 駒井厚彦「私信」2019年

(45) 前掲『父の終焉日記・おらが春他一篇』283・284頁

(46) 前掲『一茶俳句集』24頁

(47) *The Federal Writer's Project Guide To 1930s New York with a New Introduction By William H.Whyte*, Pantheon Books, New York, 1982, pp.421-424

(48) 前掲『種痘伝来』41頁

(49) 平体由美「20世紀転換期アメリカ合衆国ノースカロライナ州おける天然痘流行と公衆衛生インフラストラクチャー構築の試み――より安全な種痘のための基盤整備にむけて」(『東洋英和女学院大学人文・社会科学論集』第36号、2019年所収) 2頁他

(50) 宮本三郎・今栄蔵校注『(古典俳文学大系7) 蕉門俳諧集二』「正風彦根躰」第七、集英社、1971年、562頁

(51) 前掲『(古典俳文学大系9) 蕉門名家句集二』「正風彦根躰」集英社、1973年、210頁

(52) 山口恪太郎「上方いろはかるた覚書」(武井武雄『上方いろはかるた』附録)、小学館、1974年、52頁

(53) 前掲『風俗文選』「作者列伝」汶村、17頁

(54) 前掲『(古典俳文学大系9) 蕉門名家句集二』「作者小伝」汶村、643頁

(55) 大垣市奥の細道むすびの地記念館学芸員談

(56) 萩原恭男校注『芭蕉おくのほそ道　付曾良旅日記　奥細道菅菰抄』岩波文庫、2020年、62－65頁
(57) 同前書、67－69頁
(58) 村瀬雅夫『「おくの細道」最終路の謎――「芭蕉翁月一夜十五句」のミステリー』日貿出版社、2011年、13・20・42－44・62－65頁
(59) 蓑笠菴利一撰『奥細道菅菰抄』下巻、1778年、京都・橘屋治兵衛、37・38コマ。「月に名をつ、みかねてやいもの神」は、擲筆庵華雀編『芭蕉句選』下、京都・井筒屋宇兵衛、1739年、11コマにある。共に早稲田大学図書館蔵
(60) 高橋利一（蓑笠菴）『奥細道菅菰抄』「芭蕉句選下巻・秋之部」共同出版、1909年、国立国会図書館デジタルコレクション、コマ番号105
(61) 前掲『芭蕉おくのほそ道　付曾良旅日記　奥細道菅菰抄』232・233頁
(62) 清水孝之校注『与謝蕪村集』新潮日本古典集成、新潮社、1979年、67頁。几董『蕪村句集』の翻刻
(63) 大山邦興編『週刊古寺を行く10　延暦寺』小学館、2001年
(64) 岩波書店編集部著、名取洋之助編『滋賀県――新風土記』岩波写真文庫、1955年、36・37頁
(65) 前掲『滋賀県の歴史散歩』24－27頁
(66) 大貫恵美子『日本人の病気観――象徴人類学的考察』岩波書店、1985年、220・221・233頁
(67) 萩原朔太郎『郷愁の詩人　与謝蕪村』岩波文庫、2019年、126・127頁
(68) 富田英壽『天然痘予防に挑んだ秋月藩医緒方春朔』海鳥社、2010年、68－73頁
(69) 宮田正信・鈴木勝忠校注『（古典俳文学大系16）化政天保俳諧集』集英社、1971年、601－628頁
(70) 前掲『俳諧人名辞典』「鳳朗」524・525頁
(71) 黒板勝美編輯『国史大系28巻　政事要略』オンデマンド版、吉川弘文館、2007年、97・98頁、1008年、惟宗允亮著、黒板勝美編『政事要略』の新訂増補版）
(72) 神宮司庁編『古事類苑』「祭時部十八」玄猪、神宮司庁、1908－1930年、コマ番号867－878、国

立国会図書館デジタルコレクション
(73) 紫式部、与謝野晶子訳『源氏物語』第九帖「葵」第三章、青空文庫（底本は角川文庫『全訳源氏物語』）
(74) 曲亭馬琴編、藍亭青藍補、堀切実校注『増補俳諧歳時記栞草』下、岩波文庫、2013年、411・412頁
(75) 宮本三郎・今栄蔵校注『(古典俳文学大系7) 蕉門俳諧集二』集英社、1971年、145、151頁
(76) 史邦編『芭蕉庵小文庫』井筒屋庄兵衛、1696年、お茶の水女子大学図書館
(77) 寺島良安編『倭漢三才図会』上巻・巻之十七、日本随筆大成刊行会、1928年、国立国会図書館デジタルコレクション、コマ番号196
(78) 寺島良安著、島田勇雄・竹島淳夫・樋口元巳訳注『和漢三才図会』4、平凡社東洋文庫、2005年、206頁
(79) 日本の凧の会編『彩と形の民芸　日本の凧大全録』1976年、徳間書店、112・113頁
(80) 前掲『与謝蕪村集』52頁
(81) 前掲『一茶俳句集』25頁
(82) 前掲『(古典俳文学大系7) 蕉門俳諧集二』集英社、1971年、542・544頁
(83) 前掲『一茶俳句集』45・380頁
(84) 前掲『武江年表2』23頁
(85) 前掲『武江年表1』230・231頁
(86) 前掲『(古典俳文学大系8) 蕉門名家句集一』「沙明」、356頁
(87) 加藤楸邨監修、尾形仂他編『俳文学大事典　普及版』角川学芸出版、2008年、336頁
(89) 宮坂静生『季語の誕生』岩波新書、2009年、5頁
(90) 前掲『俳文学大事典　普及版』2008年、195・113頁
(90) 角川書店編『俳句歳時記　第五版　夏　大活字版』KADOKAWA、2019年
(91) 稲畑汀子編著『ホトトギス新歳時記』第三版、三省堂、2010年、1-10頁
(92) 行方克巳『知音』2019年6月、通巻282号、知音俳句会、73頁

(93) 向井去来著、中村俊定・山下登喜子校註『去来抄』笠間書院、1998年、144頁(安永4年刊の複製に「故実」を補充)
(94) 山下一海『芭蕉百名言』角川ソフィア文庫、2010年、154―156頁
(95) 角川書店編『俳句歳時記 第五版 冬 大活字版』KADOKAWA、2018年、20頁
(96) 角川書店編『俳句歳時記 第五版 新年 大活字版』KADOKAWA、2018年、14頁
(97) 宗懍著、守屋美都雄訳注、布目潮渢他補注『荊楚歳時記』平凡社東洋文庫、2009年、228―231、273―276頁
(98) 角川書店編『新版季寄せ』角川書店、2000年、459頁
(99) 松江重頼撰、新村出校閲、竹内若校訂『毛吹草』岩波文庫、2000年、69・77頁
(100) 同前書、136頁
(101) 近世文学書誌研究会編『近世文学資料類従 古俳諧編19山之井』勉誠社、1973年、293―300頁
(102) 同前書
(103) 曲亭馬琴『俳諧歳時記』永樂屋東四郎、1803年、早稲田大学図書館
(104) 前掲『新版季寄せ』460・461頁
(105) 能勢香夢『俳諧貝合』酒井文栄堂、1874・75年、国立国会図書館デジタルコレクション
(106) 村山古郷「太陽暦と季題の関係――四睡庵壺公「ねぶりのひま」について」(『俳句』29巻13号所収)1980年11月、角川書店、108―126頁
(107) 『俳諧四季部類』仙鶴堂、1884年(天保十三年春の鶴屋喜右衛門板の訂正翻刻)国立国会図書館デジタルコレクション
(108) 越後敬子『明治俳壇の研究』実践女子大学大学院(博士論文)、2017年
(109) 高濱虚子『季寄せ』三省堂、1941年、67頁
(110) 飯田龍太・稲畑汀子・金子兜太・沢木欣一監修『カラー版新日本大歳時記』講談社、2008年、152頁

(111) 角川書店編『新版季寄せ』角川書店、２０００年、31・１５８頁
(112) 斎藤慎爾・阿久根末忠編『必携季語秀句用字用例辞典』柏書房、１９９７年、８６７頁
(113) 角川学芸出版編『角川俳句大歳時記「春」』角川学芸出版、２００６年、２８６・２８７頁
(114) 水原秋櫻子・加藤楸邨・山本健吉監修『カラー図説日本大歳時記「春」』講談社、１９８２年、１４３頁
(115) 前掲『武江年表１』73・93・１１３・１３２・１８９・１９６頁
(116) 井上吉之助『麻疹、風疹及水痘』（弘田長監輯「日本小児科叢書第二十一篇」）吐鳳堂書店、１９１７年、13頁
(117) W. E. Nelson Senior Editor, *Nelson Text Book of Pediatrics*, Yvonne Maldonado, Chapter 206 Measles, 1996, WW Saunders, p. 868
(118) A. M. Rudolph Edit. *Pediatrics*, Samuel L. Katz, Measles, Appleton & Lange, 1987, pp. 596-598
(119) 康井洋介『２０１９年の麻疹の流行について』慶應義塾大学保健管理センターホームページ
(120) お茶の水女子大学名誉教授・大口勇次郎
(121) 前掲『カラー版新日本大歳時記「春」』１５２頁
(122) 前掲『新版季寄せ』６・７頁
(123) Donna L. Wong. *Whaley & Wong's Nursing Care of Infants and Children*, 1995, Mosby. p. 679
(124) 尚学図書編『ことわざ大事典――故事・俗信』１９８２年、８５１頁
(125) 大口勇次郎『江戸城大奥をめざす村の娘――生麦村関口千恵の生涯』山川出版社、２０１６年、１７８頁
(126) 前掲『２０１９年の麻疹の流行について』
(127) さーたりー、中山哲夫『感染症とワクチンについて専門家の父に聞いてみた』ＫＡＤＯＫＡＷＡ、２０２０年、32－43頁

あとがき

拙稿の執筆にあたり、多くの先学諸氏の業績に助けられた。厚く御礼を申し上げたい。

亡き恩師慶應義塾大學名誉教授小佐野満先生は、学問に疑問を持ち、探索することを常に説かれた。私にとり異分野のこの拙稿がその務めを果たしているのか心許ないが、多少でも関心を持っていらっしゃる方々の更なる探索の糸口になれば幸いである。

終始懇切なご指導を賜ったお茶の水女子大学名誉教授大口勇次郎先生、ウイルスの分野についてご教示下さった北里大学大村智記念研究所特任教授中山哲夫先生に感謝を述べたい。また史料収集に川口市立医療センター部長市川知則先生、国立成育医療研究センター医長福原康之先生の協力を得た。更に絶えず励まして下さった米国の大森敬一郎先生・百合様ご夫妻、盟友中谷正臣・俊全子夫妻、鈴木光明・伊津子夫妻、小児科医浅石嵩澄・博美夫妻、コーネル医科大学でがんの研究に没頭している杉田真弓先生、「はしかは季語ですよ」と何気なくお話し下さった知音俳句会代表のお一人西村和子先生、そして何よりも知音句会を奨めてくれた家内こずえに感謝したい。拙稿の上梓に当たり海鳥社社長、杉本雅子様には多くの有益な示唆を頂き、心から御礼申し上げたい。

二〇二二年十一月

辻　敦敏